U0508985

有盐同咸
无盐同淡

沈传亮◎主编

人民出版社

策　　划：辛广伟

组　　稿：陈光耀

责任编辑：郑　治

装　　帧：汪　阳

图书在版编目（CIP）数据

有盐同咸　无盐同淡／沈传亮　主编 . —北京：人民出版社，2021.7

ISBN 978－7－01－023499－1

I.①有…　II.①沈…　III.①故事－作品集－中国－当代

　IV.①I247.81

中国版本图书馆 CIP 数据核字（2021）第 119661 号

有盐同咸　无盐同淡

YOUYAN TONGXIAN WUYAN TONGDAN

沈传亮　主编

人 民 出 版 社 出版发行

（100706　北京市东城区隆福寺街 99 号）

中煤（北京）印务有限公司印刷　新华书店经销

2021 年 7 月第 1 版　2021 年 7 月北京第 1 次印刷

开本：880 毫米 × 1230 毫米 1/32　印张：4.25

字数：80 千字

ISBN 978－7－01－023499－1　定价：30.00 元

邮购地址 100706　北京市东城区隆福寺街 99 号

人民东方图书销售中心　电话（010）65250042　65289539

版权所有·侵权必究

凡购买本社图书，如有印制质量问题，我社负责调换。

服务电话：（010）65250042

出 版 说 明

　　习近平总书记在党史学习教育动员大会上指出："我们必须坚持尊重社会发展规律和尊重人民历史主体地位的一致性、为崇高理想奋斗和为最广大人民谋利益的一致性、完成党的各项工作和实现人民利益的一致性，永不脱离群众，与群众有福同享、有难同当，有盐同咸、无盐同淡。"

　　"有盐同咸、无盐同淡"，最形象、生动、深刻地诠释了中国共产党与人民群众血肉相连、不可分割的关系。回顾党的百年历史，正是因为始终秉持"人民至上"理念，与群众"有盐同咸、无盐同淡"，我们党才取得了辉煌成就。百年来，我们党涌现出许许多多与群众"有盐同咸、无盐同淡"的精彩故事，本书特精选了 22 个小故事进行解读。这些故事"小"中见"大"，从中窥得我们党心怀"国之大者"，永远亲民、爱民、为民、富民的宗旨和情怀。

人民出版社

2021 年 7 月

目 录

一、有盐同咸　无盐同淡

　　江西的很多革命老区，饮食有一个特殊习惯：汤里不放盐。追其缘由，是因为革命年代食盐非常稀缺，为了支援红军，人民群众倾尽全力，尽可能减少自身食用，拿仅有的一点盐去慰劳红军。因此，"喝清汤"这个习惯就传了下来。

　　群众拥护革命，革命领导者更是万般顾惜群众。1928 年夏天，朱德带领红四军第二十八团来到碧州村开展工作。历经多年战乱的蹂躏，此地异常萧条，许多穷苦农民生活无着。那天，朱德带着通讯员来到山中的一座茅棚，里面走出一个颤颤巍巍的老人。"老人家，你病了?"老人无力地摇头。"红军和穷人是一家人，你莫客气啊!"朱德亲切地说道，并嘱咐通讯员去请医生过来。岂知，老人一把拉住通讯员，对朱德说："红军兄弟，

▲　井冈山时期的朱德

我真的不是病。我是……因为没有吃盐啦!"原来,敌人实行经济封锁后,根据地外围不准买卖食盐,发现买盐的就认为私通红军,严厉处罚。老人因长期缺盐,身体才如此羸弱。面对群众的疾苦,朱德内心五味杂陈,当即叮嘱通讯员领点硝盐送来。"不,这不行,你们自己也缺盐。我老了,反正也没用了,不能拖累你们。你们可是要为百姓打仗的啊!"老人家一时动情,潸然泪下。"不,老人家,俗话说,有盐同咸,无盐同淡。你们是红军的衣食父母,红军再苦也不能忘了你们!"朱德满怀深情地说,并安慰老人家要注意保重身体。第二天,通讯员带着一包硝盐,再次敲开茅棚门。老人热泪盈眶,再三推辞。"收下吧,老人家。朱军长说了,我们红军与群众有盐同咸,无盐同淡。这是朱军长昨天交给我的任务啊!"通讯员真诚地说。老人手捧硝盐,激动地祝愿革命早日成功。

革命为群众谋利益,反过来,群众也无时无刻不拥护革命。1929年初,陈正人在井冈山打游击,他的妻子彭儒正有孕在身。深山老林里,因为缺少食盐,身体浮肿虚弱。一天夜晚,陈正人和彭儒借宿在一个老婆婆家。老婆婆见彭儒衣衫破烂,手冻得又红又肿,忍不住掉眼泪。老婆婆找出一小包盐,泡了一碗盐开水让彭儒喝。彭儒几十天没尝过盐味,一时间百感交集,泪水夺眶而出。彭儒放下盐水碗,握着老婆婆的手,哽咽着说:"婆婆,难为你们了,真对不住你们。"老婆婆慈祥地说:"看你说的,你们吃苦遭罪又是为了谁?还不是为了我们老百姓。这包盐就留给你们用吧。"说完就将泡完盐水后剩下的那小包盐塞到彭儒手中。彭儒喝了盐开水，却怎么也不肯收下这一小包盐。她噙着泪水坚定地说："再苦再难，为了老百姓我们一定要坚持斗争！"

苏维埃时期，不仅军民之间存在"有盐同咸，无盐同淡"的情感；革命将士之间，更是官兵平等一致，但凡有一点可以改善生活的地方，领导者都想着革命群众，从不搞特殊化。例如，当时实行食盐定量供应，工作人员每人每月四两。毛泽东以身作则，坚持执行最低食盐定量标准。有一次，罗荣桓从前线带回两担优质海盐，打算分配给中央领导。毛泽东坚决拒绝。最后，将这两担海盐送到了中央红色医院。又比如，周恩来的警卫员瞒着他，在菜里多加了一点盐，周恩来知道后大发雷霆。邓小平同样如此。1936 年 6 月，红军第一军团政治部驻扎在固原县七营镇。由于国民党反动派的经济封锁，红军生活非常艰苦，端午节那天，午饭还是高粱面馍和咸萝卜。下午，政治部副主任邓小平处理完公务后，就到附近的河里打了几只野鸭子回来，送到炊事班给大家改善生活。开饭了，邓小平招呼大家来喝野鸭汤，可同志们都不肯吃，说首长日夜操劳，平时吃得和大家一样，却比大家更辛苦，应该让他们多补补。邓小平笑着说："今天过节打个牙祭，讲啥子客气嘛。咱们红军的老规矩，'有盐同咸，没盐同淡'，大家赶快把这野鸭子汤报销了吧！"说完，他亲自给大家盛汤，于是官兵同乐。

▲ 井冈山革命博物馆里陈列着一只棕色陶罐，里面装的是已经发黑结晶的食盐

拒绝搞特殊，与群众一道共渡难关，不仅是革命领袖的风范，也是党员干部的普遍行为准则。闽浙赣省苏维埃政府财政部部长张其德手握全省食盐分配大权，却自觉地守着盐堆吃淡菜。他的孩子以为是忘记放盐，自己去取，张其德厉声喝止："不是我忘了放盐，而是压根就没放。这些白花花的盐巴是革命的本钱，我们决不能以权谋私，动用公家一粒盐！"1928年，方志敏在赣北山区打游击时，患上了严重肺病，炊事员见其身体太弱，设法弄到手指头大小的一点盐巴，特地放在他的野菜汤里。吃饭的时候，方志敏发现碗里有咸味，问过炊事员后，他二话不说，起身把自己的野菜汤倒进了红军的大锅里，正色说道："我们是革命者，应该官兵一致，有盐同咸，无盐同淡。"1929年初，井冈山斗争正处于艰难困苦之中。有一次，红军军部经理处处长用伙食费买来一只鸡和半斤牛肉，想给彭德怀改善一下生活。彭德怀知道后，立即把经理处处长叫来批评道："我又不是军阀，对我搞这些特殊干啥！共产党队伍里，官兵要有盐同咸，无盐同淡。"并责令经理处处长把鸡和牛肉送给医院的伤病员吃，还警告他道："你

下次不改正，我就要处分你。"

启示：

"有盐同咸，无盐同淡"，这铮铮有声的话语，在半个多世纪后的今天，每每想起，总是那么亲切、感人，让人动心！中国共产党的一切事业，都是人民群众的事业；中国共产党的领导干部，都是人民的公仆。党章的总纲上强调指出："党在任何时候都把群众利益放在第一位，同群众同甘共苦，保持最密切的联系，坚持权为民所用、情为民所系、利为民所谋，不允许任何党员脱离群众，凌驾于群众之上。"这一群众观点，每一个共产党员都必须牢记。领导干部要讲政治，关键一条是要永远保持同人民群众的鱼水关系。新时代要继承发扬老一辈革命家与人民同"咸淡"的作风，始终把群众的利益放在第一位，真心实意地依靠群众。这样，党和国家的事业才能无往而不胜。

二、半条被子

半条被子，一分为二，鱼水深情，永远相连。这个故事发生在80多年前的1934年11月5日，红军兵分三路从湖南汝城出发，他们行进在崇山峻岭中，沿途一山更比一山高，一山更比一山难。在国民党军的层层追击下，红军在突破第二道封锁线后，陆续抵达汝城县文明、秀水、韩田、沙洲等地。村民们由于受国民党反动宣传的影响，很多都跑到山里躲了起来。但有一位名叫徐解秀的村民，因为坐月子，再加上自己的小脚，便留在沙洲村的家中。这也让她认识了一辈子为之牵挂的三位女红军。女红军到来后，不仅帮她烧火做饭，向她讲革命的道理，还把打土豪得来的东西分给她。就这样，徐解秀慢慢地与女红军相互熟悉起来。晚上她们四个人一块睡在厢房里，简陋的床上只垫着一些稻草，铺着破烂的席子，盖的只有一块烂棉絮。此时已经是初冬了，这些物品根本就抵挡不住寒冷。女红军们看到这一幕，拿出了她们仅有的一条被子，和徐解秀合盖。几天后，女红军要随大部队离开。为了感谢徐解秀，她们决定赠送棉被。徐解秀知道这条被子是女红军们仅有的御寒

▲　三个女红军和徐解秀同睡的木床

的物品，说什么也不肯接受。就这样，在村口，她们为了这条被子推来推去。由于急于行军，一位女红军掏出一把剪刀，将这条被子一分为二。女红军说：红军同其他当兵的不一样，是共产党领导的，是人民的军队，打敌人就是为了让老百姓过上好生活。就在她们推让的时候，红军大部队开始翻山了，徐解秀和她的丈夫相送一程后，便同丈夫和女红军们挥手作别，但谁知道此后便再无音讯。就这样，半条被子便留在了徐解秀的家里。

　　1984 年 10 月底，《经济日报》记者罗开富重走长征路。11 月 7 日，罗开富在沙洲村见到了已经年过八旬的徐解秀老人。老人领着他来到当年的那个厢房，诉说往事后，问罗开富："你能见到红军吗?"罗开富答："能见到。"她说："那就帮我问问,她们说话要算数呀,说好了,打败敌人要来看我的呀!"说到这里,老人已经热泪盈眶。自从那一年丈夫和女红军们走后,徐解秀就开始了苦苦的等待,厢房里的摆设还是从前的样子,至今她还记得女红军们在上山时对她说的话:"大嫂,天快黑了,你先回家吧,等胜利了,我们会给你送一条被子来,说不定还送来垫的呢。"徐解秀抹着眼泪说:"现在我已有盖的了,只盼她们能来看看我就好了。"她还说:"虽然那辰光为了红军留下的半条被子吃了点儿苦,不过也让我明白了一个道理:什么是共产党? 共产党就是自己有一条被子,也要剪下半条给老百姓的人。"

罗开富将这个故事整理后,撰写了《当年赠被情谊深 如今亲人在何方——徐解秀老婆婆请本报记者寻找三位红军女战士下落》一文,于 1984 年 11 月 14 日在《经济日报》的头版"来自长征路上的报告"栏目发表了。很快这篇文章被广泛传阅,引起了强烈反响,而"半条被子"的故事也就传播开来。邓颖超、蔡畅、康克清等 15 位当年经历过长征的女红军深受感动,对那些曾帮助过红军的人民群众表达了她们的感激之情:"悠悠五十载,沧海变桑田。可那些在革命最艰难的时候帮助过红军的父老乡亲们,我们没有忘记。请罗开富同志捎句话:我们也想念大爷、大娘、大哥、大嫂们!"并表示:一定要想办法找到徐解秀老人要找的三位女红军和她的丈夫。但可惜的是,直到最后也没有找到这三名女红军。为了完成老人的心愿，邓颖超等人特意买了一条崭新的被子，委托罗开富送到徐解秀的家中。1991 年，当罗开富拿着被子再次来到沙洲村时，老人已经去世了，罗开富跪在那里说："大娘，我来晚了！"后来她的孙子告诉罗开富，老人临走时还说："你爷爷回来告诉他，不是我不等他了，我等了快 60 年了，每年都到山边去看，看不来。我不拿红军的被子都可以，他们肯定是老了来不了了。一定要把路修好，党和政府是最好的，一定要把这些话给后辈传下去，什么叫共产党，共产党就是自己有一条被子，也要剪下半条给老百姓。"

▲ 雕塑：半条被子

如今的沙洲村，沥青道路宽阔笔直，一栋栋青瓦白墙江南民居装饰一新，香樟树、桂花树等成行成片。村子中央一组"半条被子"的青铜雕塑，把80多年前的那一幕感人场景再现在世人眼前。2020年9月16日，习近平总书记来到沙洲村考察调研，参观了"半条被子的温暖"专题陈列馆，了解了当地加强基层党的建设、开展红色旅游和红色教育的情况。习近平指出，"半条被子"的故事充分体现了中国共产党的人民情怀和为民本质。长征途中，毛泽东同志指出，中国工人、农民、兵士以及一切劳苦民众的出路在共产党主张的苏维埃红军，我们一定会胜利。今天，我们更要坚定道路自信，兑现党的誓言和诺言，同人民群众风雨同舟、血肉相连、命运与共，继续走好新时代的长征路。

启示：

回想当年的长征，遥遥两万五千里，又是雪山又是草地，红军毅然肩负起救民于水火的重任。就是这样一支衣衫褴褛的队伍，用自己的鲜血和对革命的信仰，建立起了新中国。红军的长征史就是一部反映军民鱼水情深的历史，是中国共产党与人民风雨同舟、生死与共的历史，正是因为有人民的支持，党才能够发展壮大，跨过一次次困境与挫折。"半条被子"的故事过去近一个世纪，但它犹如一束光，打破了时间的限制，照进了更多人的心里，让我们看到了党和人民群众同甘共苦、血脉相通、荣辱与共，看到了党始终不变的赤子之心。老百姓是天，老百姓是地。中国共产党来自人民、植根人民，为人民而生、因人民而兴。在中国特色社会主义进入新时代的今天，在新的历史征程中，我们要更加铭记"半条被子"留下的精神财富，记住党的奋斗为了谁、靠的是谁，这是激励党坚定不移走下去的最大动力。

三、一张借据

　　1934 年 10 月，第五次反"围剿"失败，中央红军被迫实施战略转移，伟大长征的序幕就此拉开。11 月 6 日，红军长征先遣队到达湘赣边界的汝城县延寿瑶族乡官亨瑶族村。被国民党恶意宣传所误导的当地瑶民，害怕红军像旧军阀部队一般烧杀抢掠，成群结队地赶着家畜、扛着稻谷躲进山里。

　　为了打消群众顾虑、展示红军形象，红军在村宗祠、学校旁自扎草棚，严令战士不得在农户家借宿。红军战士严格遵守三大纪律八项注意，一些战士饿倒在地也未曾私拿群众一粒米。东躲西藏的瑶民把红军严明的纪律看在眼里，逐渐明白这支仁义之师是可以信赖的。村民胡四德与时任红三军团司务长叶祖令是同乡，通过接触，他得知当年领导延寿开展农运的李涛、宋裕和也在红军队伍中，红军原来真是穷苦人的队伍，是为老百姓出头的人。当了解到由于严重缺粮，有的战士已经几天几夜没吃过什么东西时，善良的瑶民再也按捺不住，在胡四德的召集下，他们共同作出了一个艰难的决定——无论如何，也要给红军筹出粮食，让人民的军队渡过难关！

村里各家各户仅留下了勉强生活的口粮，将其余的粮食一并捐出，甚至从宗族维新学校的粮仓里挑出了全族的备荒备灾粮，就这样筹集到 105 担稻谷、3 头生猪、12 只鸡——延寿乡山多田少，低温地贫，不宜农作物生长，当地村民以种植玉米、红薯、糁子、土豆等为生，稻谷珍贵非常，加之连年战乱，当地瑶民本就"衣裳破烂""短衣匮食""糠菜难果腹"——就是在这样的情形下，当地百姓仍将这 105 担稻谷——折合约 13650 斤、相当于胡氏宗族 150 余人大半年的口粮，毫无保留地送到了叶祖令手中。

正当红军休整之际，国民党军队趁势进攻，对延寿形成三面夹击之势。连绵阴雨，山路崎岖，行军受阻，当地村民纷纷挺身而出，主动给红军带路，做担架抬伤兵、治疗伤员，为红军生火取暖、做饭。在瑶民帮助下，红军历经三天三夜血战，顺利通过延寿瑶族乡。

红军告别延寿、向西转移时，叶祖令在村宗祠旁找到胡四德，恭敬地行了个军礼，说："胡伯伯，现在红军筹款非常困难，一时拿不出那么多钱还清乡亲们的恩情，我们实在欠乡亲们太多了！"说着，叶祖令解开上衣军扣，从左胸褡布里拿出土纸，对照所收粮食、生猪、鸡蛋的数量，写下借据，并盖上印章。"相信在不久的将来，全国就会解放，等革命胜利了，请您拿着它，去找政府兑换！"

红军走后，吃了败仗的国民党军队把村子团团围住，审问村民们红军的下落。胡四德悄悄将借据藏了起来，甚至连自己儿子、孙子都没有告知，直至去世都未曾示人。

这段军爱民、民拥军的故事随着这张借据沉睡了62年，直到1996年，官亨村村民胡运海整修老屋灶台，铲开老灶台的墙面发现了一个洞，洞里藏着被层层土纸包裹着的铁盒。胡运海打开锈迹斑斑的铁盒，里面竟是一张边缘破损、纸张发黄的毛边纸，几行工工整整的毛笔字跃然眼前：

借据

今借到胡四德伯伯稻谷壹佰零伍担 生猪叁头重
量伍佰零叁斤 鸡壹拾贰只重量肆拾贰斤。

此据

中国工农红军第三军团

具借人叶祖令（印章）

公原（元）一九三四年冬

这正是60多年前叶祖令交给胡四德的那张借据！

村干部将此事上报后引起了上级组织的高度重视。经有关部门查实，当时写下这张借据的叶祖令，已于1934年12月英勇牺牲，时年28岁。

汝城县委、县政府、县人民武装部毅然决定兑现党在长征中对人民许下的承诺，替先辈回报这份跨越时空的人民恩情。

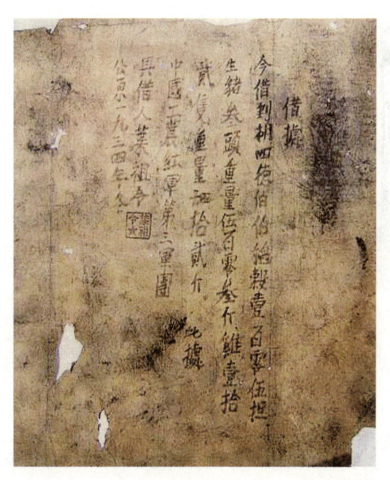

▲ 一张借据

1997年5月17日，官亨村迎来了这场跨越60余载的兑现仪式。按时价折合，当地政府向胡运海（胡四德老人唯一的孙子）兑现 1.5 万元。胡运海激动地说，没想到这么多年过去了，党和

▲　一张借据发现处

政府依然兑现了这个借据。胡运海随即将其中 1 万元捐献给村
里的学校。

一借一还，一兑一捐，借出的是真情，许下的是初心；兑
现的是承诺，捐出的是传承。一张借据，历经 62 年，承载着
党与人民群众生死相依的深厚情感，蕴含着中国共产党不变的
初心和不断走向胜利的奥义。

岁月悠悠，硝烟远去，"一张借据"的承诺仍在继续。在
党的脱贫攻坚政策的指引下，党群同心，各方协力，2018 年
官亨村实现整村脱贫摘帽，2020 年全村建档立卡贫困户 127
户 458 人全部脱贫，人均年收入达到 1.6 万元，住房、教育、

交通、通信、人居环境得到全面改善，当地百姓正大步奔向党承诺给人民的幸福明天！

启示：

"打江山、守江山，守的是人民的心。中国共产党根基在人民、血脉在人民、力量在人民。"红军军纪严明，不犯百姓。百姓深明大义，慷慨解囊。借出的是真情，兑现的是初心。正因为中国共产党"一诺千金"，始终把人民放在最高位置，百姓才会始终以诚待之。一张小小的借据，承载着党与人民生死相依的鱼水深情，蕴含着中国共产党不变的初心和不断走向胜利的奥义。

四、被冻死的军需处长

　　漫天风雪之中，一支红军队伍蜿蜒行进。一个冻僵的老战士，倚靠一棵光秃秃的树干坐着，一动也不动，好似一尊塑像。他浑身都落满了雪，可以看出镇定、自然的神情，半截带卷的旱烟还夹在右手的中指和食指间，烟火已被飞雪打灭。他的御寒衣物呢？为什么没有发下来？

　　将军望着眼前这个衣衫单薄、被冻成"雕像"的老兵，悲愤交加，喝令军需处长问罪，可是却被告知，牺牲的人就是军需处长。将军怔怔地伫立了足足有一分钟，他深深呼了一口气，缓缓地举起了右手，举至齐眉处，向

▲　被冻死的军需处长（油画）

那位牺牲者敬了一个庄严的军礼。

大雪很快覆盖了军需处长的身体，仿佛一座晶莹的丰碑。将军什么话也没说，大步地钻进了弥天的风雪之中，他仿佛听见了无数沉重而又坚定的脚步声在说："如果胜利不属于这样的队伍，还会属于谁呢？"

以上感人至深的文字出自《丰碑》，又名《军需处长》，发表于 20 世纪 80 年代，它小中见大、事里藏情，近半个世纪过去了，至今读来仍让人心潮起伏。

作者李本深回忆这篇文章的写作初衷时说，一二〇师的老战士赵戈，向他回忆起当年跟着贺龙率领的红二军团过雪山时，天气奇寒，"冻得人直想尿尿，只想哭"，就在那座雪山上，两个后勤部的战士活活被冻死。老战士的讲述深深地触动了他，后来他就根据老战士的回忆写下了《丰碑》这篇文章，塑造了军需处长这个人物。

军需处长是干什么的？在革命战争年代，他掌握着一个部队所需的全部给养，控制着部队生活所需的一切物资供应。在冰雪寒天，给自己一件御寒的棉衣最容易不过，也是情理上的事。但他没有这么做，他把温暖让给了艰难行进中的战友，自己却衣装单薄，最后冻死在漫天风雪中。在那个激荡风雷的革命年代，也许不惊天动地、不惊世骇俗，但却极为不寻常，是超越人性、见证党性的生动诠释与鲜活缩影。

军需处长不仅仅是光辉的文学形象，事实上，革命年代像军需处长这样的丰碑数不胜数。

1935年，红四方面军进入草地，有三个小战士生病了，跟不上队伍，指导员便让炊事班班长照顾他们。老班长每天都去找野菜，和着青稞面给小战士做饭。青稞面吃完了，野菜草根又根本不够他们吃，老班长愁得整夜整夜地合不了眼。

一天，他在水塘边洗衣服，看见一条鱼跳出水面，他赶忙用针做成鱼钩的形状，开始钓鱼。后来，每天他都会端着鱼汤给战士们喝，战士们叫他也吃，他总说他吃过了。可老班长却一天天瘦了下去……有一天，一名小战士等老班长收拾完碗筷走后悄悄跟着他，一看，他在吃他们吃剩的鱼骨头、嚼草根，

▲ 红军长征时经过的雪山——夹金山

小战士惊诧不已。老班长天天去钓鱼，他自己却从没喝过一口鱼汤、吃过一点鱼肉。知道真相的小战士不禁在老班长怀里痛哭不止。

第二天，再喝鱼汤时，小战士们怎么也喝不下，老班长还讲了很多大道理，鼓励小战士要面对现实，为了革命要坚持。终于走到草地的边际，这天，老班长又去钓鱼了，但是过了很久也没有回来。当战士们找到他时，他已躺在水塘边不省人事，再也没有醒来。

又比如，长征途中，红九军二十五师师部技术员邓仕俊负伤。当时缺乏医疗条件，因得不到有效的治疗引发了伤寒，邓仕俊病倒了，不能走路。师政委杨朝礼决定留下四位战士，抬着邓仕俊行军。邓仕俊很愧疚地对这四位战友说："你们去追赶大部队吧，我不能耽误你们。"然而，这四位战友却坚持要抬他走。此后，邓仕俊陷入了长达三天的昏迷，等他醒来时发现只剩下三人，原来一人因饥饿已经牺牲了。邓仕俊挣扎着要从担架上下来自己走，但三位战友马上拦住了他，将他死死地按在担架上，说："将你抬过草地，是首长交给我们的任务，就算拼了性命，我们也必须完成。"他们带的粮食越来越少，三位战友尽量省给邓仕俊吃。没过多久，他们断粮了，由于每天过于劳累，又饥肠辘辘，三位战友身体越来越虚弱。一天，一位战友说要歇一会儿，坐在地上就再也没有起来。走了几天，又一位战士因捡柴生火，陷进了泥潭里，也牺牲了。只剩下一位叫刘宏的战友背着邓仕俊，继续追赶大部队。邓仕俊不由地流下了眼泪说："宏哥，我若是活了下来，一定认你做我的大哥！"就这样一连走了几天，两人终于追赶上了大部队。当刘宏把邓仕俊交给医护人员后，他对师政委杨朝礼说："首长，任务完成了。"说完便晕倒了。

明明可以"近水楼台先得月"，但他们却毫不利己地把保障生命最重要的给养送给别人，把危险和死亡留给自己。这样的牺牲并不意味着某个生命的终结或停止，而是意味着某种力量的新生和迸发。据统计，长征途中共有10万名将士壮烈牺牲；漫漫征途上，平均每300米就有一名红军战士倒下。这种牺牲所彰显出来的价值光芒，正好照亮了坚定信仰的奋斗之路。无论是被冻死的军需处长，还是饿死的炊事班班长，如果没有坚定的信仰，没有高尚的思想觉悟和精神境界，在恶劣的环境里，他们完全可以自己穿暖、吃饱。但他们从不以自己的衣食为虑，而是时刻忧虑着革命的前途，忠诚于党的事业。正是怀着这样的初心和使命，他们才能义无反顾地选择牺牲、选择奉献，最终创造出彪炳史册的丰功伟绩。

启示：

有一种牺牲，它无声、静默，却有一种直抵人心的震撼，令人潸然泪下又肃然起敬。当你读完《丰碑》这篇文章，这种震撼尤为如此。这是一曲深沉的悲歌，又是一支对红军战士的热情赞歌。2018年1月，在新进中央委员会的委员、候补委员和省部级主要领导干部学习贯彻习近平新时代中国特色社会主义思想和党的十九大精神研讨班上，习近平总书记满怀深情地说："管被装的宁可自己冻死也没有自己先穿暖和一点，这是多么崇高的思想境界！""觉悟看似无形，关键时就会显现出强大力量。我们党就是靠着千千万万具有高度政治觉悟的先进分子无私奉献，才赢得了一场场艰苦卓绝的斗争。"共产党的队伍，是一群在马克思主义影响下的先进分子所组成的，无论是过去、现在还是未来，都该如此。

五、锦州那个地方出苹果

在辽宁省西部地区，有一座拥有 2100 多年历史的文化名城，这里气候适宜，日照充足，四季分明，尤其适宜苹果生长，这就是素有锦绣之州之称的锦州。距锦州主城区 10 公里的东南部松岭山下，有一座占地 2000 余亩的苹果廉政文化景区，这里是当年辽沈战役锦州攻坚战期间解放军战士驻扎地。这个景区中最为特别的当属苹果廉政文化展览馆，它集中呈现了辽沈战役期间人民解放军战士在锦州不随便吃老百姓苹果的故事。

▲ 锦州苹果廉政文化展览馆

在盛产苹果的地方建立苹果文化园不难理解，可单独为苹果故事而建立一座苹果廉政文化展览馆不免让人好奇。说起锦州的苹果，也确实不一般，毛泽东同志还曾为此"打过广告"，说过"锦州那个地方出苹果"。锦州苹果故事到底是什么样的故事？有什么特别之处呢？要回答这些疑问，还需要回到那段战火纷飞的岁月。

在解放战争时期，东北野战军在北起长春、南至山海关的千里战线上，与国民党展开了一次战略性决战——辽沈战役。辽沈战役的主战场就在辽西的锦州地区，当时东北野战军有多个纵队和独立师等在此参战。在锦州攻坚战前夕，三纵队八师二十二团三营九连奉命驻扎在锦州城北的温滴楼附近，等待上级指令。连部借住在一位姓康的老大爷家里。康大爷家有十多棵苹果树，正值苹果成熟的季节，红艳艳的苹果压满枝头，甚是诱人。受炮火影响，经常有苹果掉落到地上。一天，司号员小李和通讯员小张帮康大爷家劈完柴禾后，小李感到肚子有点饿，看见地上有一个带疤的小苹果，就捡了起来拿在手上翻来覆去地看，正在犹豫能吃还是不能吃的时候，小张发现了，批评小李忘了自己的承诺。原来，部队在进城之前进行《入城纪律守则》等政策纪律教育时，要求每人都写过保证书。小李羞愧地放下了手中那个带着疤的小苹果。指导员赵云鹏知道这件事后，以"带疤的小苹果该不该吃"为题，要求各班排开展讨论。大家在讨论中更坚定了一种信念："无论苹果多与少都是老百姓的财产，不管苹果大或小都代表老百姓利益"。从那之后，凡是有苹果的老百姓家，战士们只是帮助收捡，从来都不吃。

这样的故事，在当时各纵队中比比皆是。1948年10月的一天，根据作战计划，三十六团七连于拂晓前进驻到一个农家大院。为了不被敌人发现，按规定他们需要白天休息，夜间行军。大院中间，有几棵硕果累累的苹果树。一进驻大院，值日排长于瑞芝就宣布了连部的三条规定：一、不准偷拿老乡的苹果；二、不准掏钱买老乡的苹果；三、不准接受老乡赠送的苹果。于瑞芝指着老乡专门用来盛苹果的篮子说，树上的苹果掉下来，谁看到谁就捡起来放到这个篮子里。最后宣布说，这是纪律，要相互监督。就这样，部队在苹果树下上课、吃饭、休息，整整活动了一天，没有一个人吃老乡的苹果。

不吃老百姓一个苹果，是那个年代铁的纪律，更是战士们不侵占群众点滴利益的真实写照。翻阅一些老战士的回忆文章，对这种事迹感受更深，更能为之动容。据原四纵十师二十九团三营机枪连六十炮排八班战士于明成老人回忆："辽沈战役时，我们团在义县接到命令南下兴城，部队马上急行军，当时部队没有吃的，战士们饿得很，路边地里的青苞米到处都是，但战士们谁也不动一个，只是挖地里的苦菜吃，到兴城外围时，大家嘴里、嘴角上都是绿的了，那时部队纪律要求得严啊。9月24日，我们营到达了兴城东北的韩家沟，准备攻打火车站，那个地方产苹果，正值秋天，老百姓家家都把苹果堆在炕上。我们借住在老乡家，炕上这边是苹果，我们就睡在那边，有的战士紧挨着苹果睡，伸手就能摸到苹果，但是，不管怎么饿、苹果的香味多么诱人，我们谁也不去动。"①解放战争期间，无论是在辽东还是辽西，所到之处，不论是一个苹果，还是一个梨子，不管是一粒花生，还是一颗苞米，只要是老百姓的东西，我们的战士都是一个也不碰，一点也不吃的。正是有了这样的品质和精神，为我们凝聚了民心，更助我们获得了战争的胜利。

▲ 锦州苹果廉政文化景区

① 中共锦州市纪委、锦州市监察局编著：《人民的苹果："锦州苹果"廉政文化史纲》，中国方正出版社 2012 年版，第 73 页。

辽沈战役胜利八年后，在党的八届二中全会上，毛泽东同志提出："锦州那个地方出苹果，辽西战役的时候，正是秋天，老百姓家里很多苹果，我们战士一个都不去拿，我看了那个消息很感动。在这个问题上，战士们自觉地认为：不吃是很高尚的，而吃了是很卑鄙的，因为这是人民的苹果。"后来他又多次提到不吃一个苹果的故事。1967 年 11 月 5 日，在谈到自觉的纪律时，毛泽东同志说："人民解放军的纪律最好。打开锦州的时候，那么多苹果一个没动"。在毛泽东同志看来，"不吃苹果"是人民解放军固有的政治本色，更是需要永远弘扬的光荣传统。

启示：

"苹果是人民的苹果"，"群众的一针一线都不能动，带疤的苹果也不能动"，身在苹果产区的战士们固守着这些信念，即使眼前、身边都是苹果，却不曾吃过一个苹果。因为他们懂得全心全意为人民服务是我们党的根本宗旨，只要是人民群众的利益，哪怕只是一个苹果，我们也有保护的责任。一个小小的苹果，映射出的是共产党人的优良传统。无论过去还是今天，共产党人都要保持"不吃老百姓一个苹果"的风范，既自觉做到"不吃苹果"，更要努力追求帮群众收获更多"苹果"。

六、这真是我们的队伍

上海南京路上有个连队，于 1947 年 8 月在山东省莱阳县（今莱阳市）组建。1949 年 6 月进驻上海市南京路。虽身居闹市，全连干部战士始终保持艰苦奋斗优良传统，勤俭节约，助人为乐，全心全意为人民服务。1963 年 4 月 25 日，中华人民共和国国防部授予该连"南京路上好八连"称号。

上海市长宁区愚园路 753 号。

在这个并不起眼的小院落里，驻扎着一支很有名的连队。说它有名，是因为这支连队曾经因为一部《霓虹灯下的哨兵》而家喻户晓，而且这也是唯一一支毛泽东同志为其题诗的连队。这就是被国防部隆重命名的"南京路上好八连"。

"南京路上好八连"，即中国人民解放军上海警备区特务团三营八连。其前身是华东军区特务团四大队辎重连，成员主要为山东东部农民。建连第一课上的就是全心全意为人民服务，明确了为谁当兵、为谁打仗和艰苦奋斗的优良传统。1949 年 6 月，八连从硝烟弥漫的战场来到大上海繁华的南京路上。

"夜上海，夜上海，你是个不夜城，华灯起，乐声响，歌

▲ 八连进驻上海市南京路

舞升平……"，一首《夜上海》就是那个年代上海生活的真实写照。大上海是有名的花花世界，南京路就是大上海的一个缩影，素有十里洋场之称，这里到处都是灯红酒绿，繁华喧闹中弥漫着诱惑。解放军刚刚进入上海时，国民党就曾预言上海是个大染缸，军队红着进来，要不了三个月就会黑着出去。

"历览前贤国与家，成由勤俭败由奢"，历史上取得胜利后又腐化堕落的例子也不在少数。身居闹市，官兵们能否一尘不染？十里洋场的霓虹灯是否会让他们忘记为人民服务的宗旨？很快，种种所谓物欲的考验都在八连官兵面前败下阵来。不论是面对浓妆艳抹向站岗的战士们抛媚眼的女人，还是面对故意把钱扔在战士身边，等着看战士们捡不捡的不怀好意的人士，八连战士都岿然不动、静心站岗。八连的战士人人都有三件传家宝——草鞋、自糊信封和针线包，衣服鞋袜是"新三年、旧三年、缝缝补补又三年"，而把节约下来的衣服和钱捐献给灾区人民。连队和各班排都自备修理箱、木工箱和理发箱，常用的桌椅板凳和门窗坏了，自己动手修理。八连的战士走到哪里，就把好事做到哪里。在街头巷尾，帮助清洁工人清扫街道；去学校，帮助修理桌椅板凳；到孤寡老人家里，帮助挑水、洗衣、做饭；等等。八连战士用事实证明给所有人看，即使身居闹市也可以始终保持赤心不改、本色不变。

八连的事迹被八连所在团的宣传干事吕兴臣看在了眼里。1956 年的一天，吕兴臣向《解放日报》投稿了一幅自拍的新闻照片：灯红酒绿的南京路夜景中，一位战士手握钢枪正在站岗，神情威严。很快，作品被采用，以《南京路上的哨兵》为题在《解放日报》上刊登。初次投稿的成功，给了吕兴臣极大的鼓励，此后他经常去八连采访，积累了丰富素材。1959 年 7 月 23 日，《解放日报》在第一版刊登了吕兴臣和青年作家张贻复合写的长篇通讯《南京路上好八连》。通讯从多个角度首次向上海人民全面展示了八连的风采。这篇通讯在上海新闻界引起强烈反响。紧接着，《劳动报》《文汇报》等都纷纷从不同角度争相报道八连。

很快，"南京路上好八连"的事迹传遍大江南北。1963 年 4 月 25 日，国防部正式颁布命令，将八连命名为"南京路上好八

八 连 颂

(1963年8月1日)

毛泽东

好八连，	解放军，	不怕帝，	政治好，
天下传。	要学习。	不怕贼。	称第一。
为什么？	全军民，	奇儿女，	思想好，
意志坚。	要自立。	如松柏。	能分析。
为人民，	不怕压，	上参天，	分析好，
几十年。	不怕迫。	傲霜雪。	大有益。
拒腐蚀，	不怕刀，	纪律好，	益在哪？
永不沾。	不怕戟。	如坚壁。	团结力。
因此叫，	不怕鬼，	军事好，	军民团结如一人，
好八连。	不怕魅。	如霹雳。	试看天下谁能敌。

▲ 八连颂

连"。八连被国防部命名后的一个月内，朱德、邓小平、陈云、陈毅等党和国家、军队领导人都纷纷题词，号召大家向"南京路上好八连"学习。之后，毛泽东同志泼墨写下了《八连颂》：

"好八连，天下传。为什么？意志坚。为人民，几十年。拒腐蚀，永不沾。因此叫，好八连。解放军，要学习。全军民，要自立。不怕压，不怕迫。不怕刀，不怕戟。不怕鬼，不怕魅。不怕帝，不怕贼。奇儿女，如松柏。上参天，傲霜雪。纪律好，如坚壁。军事好，如霹雳。政治好，称第一。思想好，能分析。分析好，大有益。益在哪？团结力。军民团结如一人，试看天下谁能敌。"

1982 年，驻守南京路的任务被正式转交给武警部队，"好八连"也从南京路上搬了出来。但是，从那一年的 3 月 5 日起，每月 10 日和 20 日清晨，不管刮风还是下雨，八连官兵们都会重回南京路，义务为市民和过往游客提供补鞋、磨刀、理发等服务，补鞋机的嗒嗒声、磨刀石的唰唰声、理发推的嚓嚓声交织在一起，合奏出一曲曲为民服务的动人乐章。几十年来，八连官兵虽然换了一批又一批，可南京路之约这个美丽的约定却从来没有失约过。如今，"好八连"精神已成为上海的一张"精神名片"。在"好八连"的带动下，今天的南京路已经成为上海市社会各界开展"为民服务"活动的聚集地。

启示：

从农村到城市，从战场到"十里洋场"，在霓虹闪烁的南京路上，身居繁华的闹市中央，面对巨大考验，八连官兵抵制着种种诱惑，始终坚定理想信念，成为一个时代艰苦奋斗的旗帜，成为经久流传的为民服务的标杆。"南京路上好八连"是一张艰苦奋斗、为民服务的亮丽名片。尽管现在"南京路上好八连"已离开了昔日的南京路，时代、环境和角色也都发生了各种变化，但"好八连"所展现的那种拒腐蚀、永不沾的精神，艰苦奋斗的传统和全心全意为人民服务的宗旨永远都不会变。这些精神品质值得我们永远学习。

七、自己活着，就是为了
使别人过得更美好

　　雷锋（1940—1962 年），湖南长沙人，中国人民解放军战士，荣立二等功一次，三等功三次。2019 年 9 月，入选"最美奋斗者"。

　　"自己活着，就是为了使别人过得更美好"，60 年前，一位优秀的共产主义战士在自己的日记里写下了这句话。他不仅写下了，还脚踏实地做到了，将自己有限的生命，投入无限的为人民服务之中去。这个人就是雷锋。

　　雷锋，1940 年 12 月出生在湖南长沙一户贫苦农民家庭。雷锋的父亲在抗日战争时期被日军毒打致死，哥哥和弟弟在苦难中夭折，母亲遭地主凌辱后含恨自尽。他从小就饱受极端贫困和饥饿，是党和人民把他从苦难中解救出来。雷锋对党始终怀有极为深厚的感情，把自己的生命看成是属于党和人民的。

　　1960 年参军入伍后，雷锋在工作上不断向积极性高的同志看齐，在生活中却一直向水平最低的同志看齐，一支牙膏用到实在挤不出来才换新的，一双袜子补了一层又一层，穿了多年都不舍得丢掉。在鞍钢工作期间，有的工友看见雷锋还穿着这样的衣服就劝雷锋买些好衣服，雷锋随后买了几件"好衣服"，还包括一

▲ 雷锋给战友王延堂送盒饭

件皮夹克。过了不久，一位老领导给雷锋来了一封信，说国家还很困难，鼓励他要坚持勤俭节约。这封信对雷锋触动很大，随即将皮夹克收了起来。雷锋对自己很抠门，对待同志却很大方，知道哪个战友家有困难了，他总是毫不犹豫地给战友家里寄钱。

雷锋曾在日记中写道："我活着，只有一个目的，就是做一个对人民有用的人"。他总是全心全意为人民做事，自己甘当革命的"傻子"。1960年初夏的一个星期天，雷锋肚子疼得很厉害，他去团部开了些药回来。经过一个建筑工地时，看到正热火朝天地进行施工。雷锋忘记自己还生着病，推起一辆小车就加入运砖的行列中去。有工人问他为什么来，叫什么，哪个部队的。他说："我们都是为社会主义建设添砖加瓦，我和大家一样，只要尽了自己的一点义务，也算是有一分热发一分光吧。"干完活后取了军装不留姓名就走了。一天，雷锋上街

办事，看到望花区召开大生产号召动员大会。他马上取出存折上攒了很久的 200 元钱，跑到望花区党委办公室要全部捐献出来，为建设祖国做点贡献。接待他的同志实在无法拒绝他的热情，只好收下一半。后来，辽阳遭受百年不遇洪水的时候，雷锋又将另外 100 元捐献给了辽阳人民。

从 1961 年开始，雷锋经常受邀去外地作报告，他出差的时间多了，为人民服务的机会也就更多了，群众经常赞誉"雷锋出差一千里，好事做了一火车"。有一次，他到丹东去参加军区体育大会，从抚顺一上车，就主动做起了义务列车员，帮着擦地板、擦玻璃、给老人找座位，帮忙冲茶倒水，一直到下车都忙个不停。还有一次，雷锋外出，在沈阳车站换车，出检票口的时候，他发现一群人围着一个背着小孩儿的中年妇女。原来这名妇女从辽宁去吉林看丈夫，一不小心把车票和钱都丢了，正急得哭呢。雷锋连忙用自己的津贴买了一张去吉林的火车票塞到大嫂手里，大嫂眼含热泪地问："大兄弟，你叫什么名字？住哪啊？"雷锋风趣地回答道："我叫解放军，家就住在中国。"

其实，一个人一生中做一两件好事并不难，难的是一辈子坚持做好事。雷锋走到哪里，为人民服务就做到哪里。有一次，雷锋冒雨去沈阳。他为了赶早车，早晨 5 点多就起床，带了几个干馒头就披上雨衣上路了。路上，雷锋看见一位妇女背着一个小孩，手里还牵着一个小女孩，正艰难地向车站走去。

雷锋想都没想，脱下身上的雨衣就披在大嫂身上，又抱起小女孩陪她们一起来到车站。上车后，雷锋估计她们没吃早饭，就把自己带的馒头分给她们吃。火车到了沈阳，天还在下雨，雷锋怕她们回家不方便，便把她们直接送回家。那位妇女感

▲ 毛泽东同志题词："向雷锋同志学习"

激地说："同志，我可怎么感谢你呀！"雷锋说："不要感谢我，应该感谢党和毛主席！"

1962 年，雷锋在执行运输任务时，不幸殉职，年仅 22 岁。他的一生虽然短暂，却用生命谱写了一曲服务人民、大公无私的赞歌。1963 年 3 月 5 日，毛泽东同志亲笔题词"向雷锋同志学习"。此后，每年 3 月 5 日成为全民学雷锋的日子。党的十八大以来，习近平总书记就学习弘扬雷锋精神多次作出重要

指示，强调要从娃娃抓起，让雷锋精神在全社会蔚然成风，世世代代弘扬下去。2014 年 3 月 11 日，习近平对某工兵团"雷锋连"指导员谢正谊也说，雷锋精神是永恒的，是社会主义核心价值观的生动体现。你们要做雷锋精神的种子，把雷锋精神广播在祖国大地上。

启示：

雷锋短暂的一生，是一个共产主义战士平凡而伟大的一生。从无私帮助战友到给不认识的群众买车票，从冒雨送群众回家到主动在列车上为旅客服务，他把崇高理想信念和道德品质追求转化为具体行动，体现在平凡的工作生活中，作出自己应有的贡献。生活中，雷锋也是一个普普通通的人，拥有普通人所有的感情和欲望。他买过皮夹克，也戴过手表。雷锋买过皮夹克，并不影响他的艰苦朴素；戴了手表，也不影响他全心全意为人民服务。雷锋精神永远都不会过时。我们现在依然要学习和发扬雷锋精神，为人民多做好事、多办实事。

八、宁愿一人脏，换来万家净

时传祥（1915—1975 年），山东齐河人，曾在北京市崇文区清洁队当掏粪工人，新中国第一代劳动模范，中国工人阶级的杰出代表。2019 年 9 月，入选"最美奋斗者"。

1966 年 10 月 1 日上午，风和日丽。节日的北京到处张灯结彩，洋溢着欢乐的气氛。天安门广场上人山人海，聚满了参加庆祝国庆十七周年观礼活动的社会各界群众。在万众瞩目中，毛泽东、周恩来、刘少奇、朱德、宋庆龄、陶铸、董必武、邓小平等党和国家领导

▲ 时传祥

人走上天安门城楼，站在主席台上第一排。除了党和国家领导人，一批在各条战线上表现突出的代表人物也应邀走上天安门城楼，分别安排在天安门城楼东西两旁露天的阳台上，这其中就有北京崇文区的清洁工人时传祥。

1915 年 9 月，时传祥出生在山东德州齐河县一个贫苦农民家庭。14 岁逃荒流落到北京城郊宣武门一家私人粪厂，成为一个受人压迫剥削的"粪花子"。新中国成立后，受尽粪霸压迫的他进入北京市崇文区清洁队工作，成为新中国的一名有尊严的清洁工人，时传祥感到无比幸福，他把这种幸福感化作无穷的工作动力，积极投入首都环卫工作中。

当时的老北京平房很多，四合院里人口密度非常大，茅坑浅，粪便常常溢出来，气味非常难闻。遇到这种情况，时传祥总是不声不响地找来砖头，把茅坑砌得高一些。不管坑外多烂，不管坑底多深，他都想方设法掏干扫净。哪里该掏粪，不用人来找，他总是主动去。有一天，崇文区一条胡同正在修理下水道，不巧的是突然间下了大雨，住户家的厕所马上就要溢出来了，根本没法上厕所。那条胡同很窄，掏粪车根本进不去。时传祥听说后，二话不说挽起袖子就带着清洁队的同志赶到了胡同里，先用勺子挖进桶里，再一桶一桶地背出去。从凌晨开始，时传祥他们花了十几个小时，一共背了一千两百多桶，才把整条胡同的粪便掏干净。当有住户邀请他们进屋喝水休息时，也被他们婉言拒绝了，他们就只有一个念头：尽快清理好，让大家可以尽早用上厕所。

时传祥干工作从不分分内分外，谁家的墙头倒了，他就主动给砌好，谁家的厕所没有挖坑，他就带上工具给挖好。一次，时传祥发现南翔胡同一位老太太家没有劳动力，厕所内没挖粪坑，只能随地便溺，家里脏得都没有地方下脚。时传祥就找了一个休息日，自备工具，给老太太家的厕所挖了便坑，并用捡来的废旧砖头砌了一个坑池，这样再上厕所就干净又方便了。老太太很是感动。还有一次，一个老大爷家的厕所墙倒塌了，刚好砸在粪坑里，粪水全都溢出来了，弄得到处都是。时传祥知道后，马上赶了过去，用手把砖头一块一块地从粪坑里捞出来，把粪坑清理得干干净净。老大爷看见时传祥用手掏粪，很是感动，就问他："你是怎么做到不嫌脏不嫌臭的?"时传祥憨厚地笑着说："屎尿，哪有不嫌脏不嫌臭的。咱要一人嫌脏，就会千人受脏，咱一人嫌臭，就会百家闻臭。俺脏脏一人，俺怕脏就得脏一街，脏我一个人，总好过脏了大家。"

为了更好地服务群众，时传祥下了很多功夫，尽可能地把服务工作做得更精细化。他把大街小巷每家每户厕所的样子都摸得清清楚楚，这样他就可以很快帮助住户清理好，尽可能少地打扰住户生活。考虑到大家的生活习惯，时传祥调整了清洁队工作时间，尽量不在大家吃饭的时间去掏粪。在入户掏粪之前，也会事先跟住户打好招呼，让他们不要晒衣服、晾被子，以免给用户带来不便。他负责的区域内的住户常年都享受到清洁优美的环境，而他背粪的右肩常年肿胀，被磨出一层厚厚的老茧。

时传祥的奉献，得到了群众的认可，更是得到了国家的充分肯定。1959 年，他被评为全国劳动模范。10 月 26 日，应邀参加在北京人民大会堂举行的第一届全国群英会。

会后，国家领导人接见群英会代表。国家主席刘少奇来到时传祥面前，紧紧握住了他掏了 30 年大粪、长满了老茧的手。刘少奇同志对他说："你掏大粪是人民勤务员，我当主席也是人民勤务员，这只是革命分工不同，都是革命事业中不可缺少的部分。"得知时传祥没有读过什么书时，刘少奇同志将自己的英雄牌钢笔送给他，鼓励他学习文化知识。听了刘少奇同志

▲ 刘少奇、朱德等国家领导人接见时传祥

的话，时传祥激动地表示："我要永远听党的话，当一辈子掏粪工。"

1975年5月19日，时传祥去世。去世前他曾将4个子女叫到身边对他们说："我掏了一辈子大粪，旧社会被人看不起，但我对掏粪是有感情的。我向主席汇报工作时说，各行各业都需要有人接班，我唯一的一个愿望是你们接好我的班，这个班不是我个人的班，这是党和国家的班！"在时传祥的感召下，他的4个子女全部进入环卫战线工作。甚至他的孙女时新春，也成了时家的第三代环卫工人，继续发扬"宁愿一人脏，换来万家净"的时传祥精神。

启示：

时传祥，一个在平凡岗位上默默奉献了一辈子的人。在60年的人生岁月中，他始终怀有"工作无贵贱、行业无尊卑"的为人民服务思想，把掏粪当成十分光荣的劳动，任劳任怨、满腔热情，用点点滴滴的吃苦耐劳和辛勤劳动成就了自己的人生。他那些心系群众的故事都成为美谈，他那种为民服务的精神也感染并激励着大家。"宁愿一人脏，换来万家净"的"时传祥精神"就是一种全心全意为人民服务的精神。今天，我们依然要弘扬并传承好这种精神。

九、一心一意为人民

　　谷文昌（1915—1981年），河南林州人。他为官一任，造福一方，不畏艰苦，实事求是，带领东山县人民苦干14年，终于把一个荒岛变成了宝岛。2009年9月，被评为"100位新中国成立以来感动中国人物"。2019年9月，入选"最美奋斗者"。

　　有这样一位共产党员，他已经去世40年，却仍被当地民众怀念，只要提到他，人们都有说不完的敬重、道不尽的思念；老百姓尊他为"谷公"，"先祭谷公，后祭祖宗"，成为当地多年的习俗。习近平总书记曾多次称赞他"在老百姓心中树立起一座不朽的丰碑"，是"四有干部"的典范、"县委书记的好榜样"；他，就是福建省东山县原县委书记谷文昌。

　　谷文昌1915年10月出生在河南林州一个普通的农民家庭。1950年，他随解放军南下至福建省东山岛，先后担任东山县城关区委书记、县委组织部长、县长、县委书记。

　　20世纪50年代的东山，有248平方公里的土地，仅有林木 147 亩。东南部却有绵亘 30 多公里、3 万多亩的沙滩，其中的 43 个流动沙丘曾经埋没过 13 个村庄、1000 多座房屋和 3 万多亩耕地。在当地流传着这样一首民谣："春夏苦旱灾，秋冬风沙害。一年四季里，季季都有灾"。饱受灾害之苦的东山百姓纷纷逃离家园外出当乞丐。谷文昌到东山后，目睹了当地群众艰苦的生活，他大声疾呼："不把人民拯救出苦海，共产党来干什么？""不治服这风沙灾害，东山人民是无法过好日子的。要治穷，得先除害！"

▲ 木麻黄试种成活，谷文昌欣喜若狂

　　然而，治理风沙并不是一件容易的事情。谷文昌带领东山干部群众先后 8 次大规模筑堤拦沙、挑土压沙、植草固沙、种树防沙，尽管取得过一定成效，但过了一段时间后，树苗和泥土就又被大风刮走，连堤坝也被海潮冲垮。一次又一次的失败，让很多人都有了放弃的念头，却并没有让谷文昌气馁，反而更坚定了他治沙的决心。他继续带领技术人员探风口、查沙丘，发誓道："不治服风沙，就让风沙把我埋掉！"

　　为了找到合适的林种，谷文昌和技术人员翻遍资料，多方打探。听说广东电白县成功种活了一种名为木麻黄的树，谷文昌立即派人前去学习。在东山西山岩林场，一位老农随手种上的三棵木麻黄树苗在风吹沙压之下顽强成活的消息更是让他看到了希望。谷文昌随后和林业队员们一道，在白埕村种下了20亩木麻黄试验林。3年过去，凭着一股必胜的信念，谷文昌硬是带着大家治服了"神仙都难治"的风沙。昔日风沙肆虐的荒岛如今变成生机盎然的东海绿洲，421座山头、3万亩沙滩，尽披绿装，形成177条林带，环护着田园村舍。海岛从此换了天地，百姓更是换了人间。

如果说，治沙造林给东山人带来的是有形的"红利"财富，那么改"敌伪"家属为"兵灾"家属，更实实在在地给一些东山人带来了无形的政治福利。

溃败台湾前，国民党残部对东山进行了最后的疯狂掠夺，大搜粮食、大抓壮丁。从仅有1.2万余户的东山，一下子抓走4792名青壮年男子，留下了日夜思儿的爹娘、倚门望夫的妇女，近半数家庭家破人散。

依照两岸当时硝烟对立的情势，这些壮丁家属都应该算是"敌伪家属"。可一旦扣上"敌伪"帽子，那就是阶级敌人了，对这些已经失去劳动力的家庭而言更是雪上加霜了。而且这些壮丁家属人数众多，遍及全岛。这个问题如果解决不好，影响面很广。可如何解决又是一道很棘手的难题。

"壮丁们是被强行抓走的，他们的家属是受害人。""国民党造灾，共产党要救灾。共产党人要敢于面对实际，对人民负

▲　谷文昌纪念馆

责。"时任东山第一区区委书记的谷文昌，向县委建议：把"敌伪家属"改成"兵灾家属"。

东山县委经认真调研并报上级同意后，采纳了这个建议，决定对这些家属，政治上不歧视，经济上平等对待，生活困难给予救济，孤寡老人由乡村照顾。从"敌伪"家属到"兵灾"家属，两字之差，天壤之别。这件为民请命的事，也赢得了民心所向、众望所归。

"党要求什么，群众需要什么，我们就去做什么"，这是谷文昌的工作原则；"只要对百姓有利的事，就算千难万难也要做到"，这是他的为官准则。为民不为己，公与私在他心里是楚河汉界、泾渭分明。他手中的权力都是为百姓服务的，从来没有给家属子女谋过私利。谷文昌去世后一周，妻子史英萍便拆除了家中的电话，连同谷文昌用过的自行车一并上交："这是老谷交代的，活着因公使用，死后还给国家。"

"看见木麻黄，想起谷文昌。"40 年过去，他仿佛从未离开过人们的视野，更是从未走出人们的记忆。经过岁月洗礼，他的形象愈加清晰，他的身影愈加伟岸。

一首为谷文昌谱写的歌曲在神州大地传唱：

> 谁说流水无意岁月无痕，
> 谁说落花无情往事如烟，
> 请听山的诉说，
> 请听海的呼唤，
> 政声人去后，
> 丰碑在人间……

启示：

有一种人，虽已离去，却被永远铭记。有一种精神，虽穿越时空，却历久弥新。谷文昌就是这样的人，谷文昌精神就是这样的精神。他留下的工作笔记上写有这样两句话："不带私心搞革命，一心一意为人民。"这是他一生的信仰，也是他一生的写照。一心为民的谷文昌在东山老百姓心中已经成为一座不朽的丰碑，永远活在了人们的心里。2009 年 9 月，谷文昌同志被评为"100 位新中国成立以来感动中国人物"。谷文昌精神，正激励着一代又一代人，不忘初心、牢记使命，矢志奋斗、继续前行。

十、肝胆长如洗

焦裕禄（1922—1964年），山东淄博人，原兰考县委书记。为彻底改变兰考面貌，迎难而上，带领群众整治"三害"，真正做到了鞠躬尽瘁。先后荣获"100位新中国成立以来感动中国人物""最美奋斗者"等荣誉称号。

1962年，春天风沙打毁了20万亩麦子，秋天淹坏了30多万亩庄稼，盐碱地上有10万亩禾苗碱死，兰考全县的粮食产量下降到了历史最低水平，老百姓扶老携幼搭乘运送灾民的专车去丰收地区乞讨，县委机关被灾害压住了头、害怕困难甘当供给部……焦裕禄就是在这种形势下来到了兰考。

只要思想不滑坡，办法总比困

▲ 焦裕禄在田间劳作

难多。焦裕禄把县委委员们领到火车站，指着这些风雪交加中逃荒的灾民，沉痛地说："同志们，你们看，他们绝大多数人，都是我们的阶级兄弟。是灾荒逼迫他们背井离乡的，不能责怪他们，我们有责任。党把这个县36万群众交给我们，我们不能领导他们战胜灾荒，应该感到羞耻和痛心……"他组织大家学习《为人民服务》《愚公移山》等文章，学习兰考的革命斗争史，一连串的革命思想教育打掉了县委班子在自然灾害面前无所作为的懦夫思想，重新树立起自力更生消灭"三害"的决心。不久，县委制定了三年取得治沙、治水、治碱基本胜利的兰考面貌改造蓝图，在给中共开封地委的报告上，焦裕禄又着重加了几句："我们对兰考的一草一木都有深厚的感情。面对着当前严重的自然灾害，我们有革命的胆略，坚决领导全县人民，苦战三五年，改变兰考的面貌。不达目的，我们死不瞑目。"

战胜在兰考肆虐了千年的"三害"谈何容易，光是摸清兰考县1800平方公里土地上的自然情况就得生生让人脱上一层皮。身患慢性肝炎的焦裕禄总是冲在"三害"调查队的最前面，每当风沙最大、雨最密的时候，他就带头下去查风口、探流沙，观察洪水的流势变化，他说这是掌握风沙、水害规律最有利的时机。为了弄清一个大风口、一条主干河道的来龙去脉，他经常跟着调查队从黄河故道开始，越过县界、省界，一直追到沙落尘埃，水入河道，方肯罢休。焦裕禄带着调查队在风里、雨里、沙窝里、激流里度过了一个月又一个月，方圆跋涉了5000余里，终于使县委抓到了兰考"三害"的详细资料：全县大小84个风口、1600个沙丘、千万条河流、淤塞的河渠、阻水的路基和涵闸，都经调查队一个个测量、编号、绘图。这份珍贵的一手资料使县委基本上掌握了水、沙、碱发生发展的规律，为全县抗灾斗争的战斗部署提供了科学指导。

有了方向，便有了方法。在农民的草庵、牛棚，焦裕禄总结出了"贴膏药""扎针"的办法来治理风沙和盐碱："贴膏药"，就是把淤泥翻上来压住沙丘，这是焦裕禄从农民那里学来的，他带领干部群众进行了小面积翻淤压沙、翻淤压碱、封闭沙丘试验，取得成效后以点带面，在全县推广。"扎针"，就是大规模栽种泡桐，这种树长得快、投资小，在沙窝里成活率高，既能挡风又能压沙，长成后还可以林保粮，兰考的乡亲们亲切地把这些为他们遮风挡沙的泡桐树称作"焦桐"。兰考地形复杂、河系紊乱，根据调查队绘制的排涝泄洪图，焦裕禄制定了以排为主，灌、滞、涝、改兼施的治水方针，他带领群众兴修水利工程、引黄淤灌，让20多万亩盐碱地变为良田。

1963年，兰考县一连下了13天雨，大片庄稼渍死在洼窝里，11万亩秋粮绝收，22万亩受灾。入冬雪密风紧，"贫下中农吃得咋样？住得咋样？牲口咋样？"成了焦裕禄最挂心的事情，他要求县委办公室立即通知各公社做好雪天工作："第一，所有农村干部必须深入到户，访贫问苦，安置无处居住的人，发现断炊户，立即解决。第二，所有从事农村工作的同志，必须深入牛屋检查，照顾老弱病畜，保证不许冻坏一头牲口。第三，安排好室内副业生产。第四，对于参加运输的人畜，凡是被风雪隔在途中的，在哪个大队的范围，由哪个大队热情招待，保证吃得饱、住得暖。第五，教育全党，在大雪封门的时候，到群众中去……共产党员应该在群众最困难的时候，出现在群众的面前"。风雪铺天盖地而来，焦裕禄迎着大风雪，用一支钢笔硬顶住肝部，压迫着不时袭来的疼痛，走访了九个村子，访问了几十户生活困难的老贫农，却没烤群众一把火，没喝群众一口水。

▲ 焦裕禄

　　1964 年，兰考人民除"三害"的斗争达到高潮，焦裕禄的肝病也越来越重了。他对自己的病从来不在意，只有同志们问起，他才说他对肝痛采取了一种压迫止痛法，大家蓦然明白为何他经常把右脚踩在椅子上用右膝顶住肝部，为何他左手总是揣在怀里，为何他总是用一根硬东西顶在右边的椅背上，甚至将办公室的藤椅顶出一个窟窿……同志们多次劝他住院治疗，他都以"工作离不开"婉拒。焦裕禄暗中忍受了多大痛苦，谁也不清楚。

3月，县委决定送他到医院去治病。在火车开动前的几分钟，他还郑重地布置了最后一项工作，要县委的同志好好准备材料，等他回来时，向他详细汇报抗灾斗争的战果。医生们的诊断书无情地打断了这位共产主义战士的计划，上面写道："肝癌晚期，皮下扩散。"在生命的最后二十多天，县上不少同志去郑州看望他，焦裕禄从不谈论自己的病情，总是先问县里的工作情况，他问张庄的沙丘封住了没有？问赵垛楼的庄稼淹了没有？问秦寨盐碱地上的麦子长得怎样？问老韩陵地里的泡桐树栽了多少？临走还不忘嘱咐下次来把秦寨盐碱地上的麦穗拿一把来给他看看……5月，焦裕禄的病情进一步恶化，他对来探望自己的同志说："现在有句话我不能不说了。回去对同志们说，我不行了，你们要领导兰考人民坚决地斗争下去。我们是灾区，我死了，不要多花钱。我死后只有一个要求，要求组织上把我运回兰考，埋在沙堆上，活着我没有治好沙丘，死了也要看着你们把沙丘治好！"谁也没想到，这竟是焦裕禄同兰考县人民的诀别。

1965年5月14日，焦裕禄同志病逝，享年42岁。在生命的最后时刻，他对守在他床前的两位党组织代表断断续续地说出了最后一句话："我……没有……完成……党交给我的……任务。"他走后，人们在他病床的枕下发现两本书：一本是《毛泽东选集》，一本是《论共产党员的修养》。

1965年春天，兰考县几十个贫农代表和干部专程来到焦裕禄的坟前。他们一看见焦裕禄的坟墓，就仿佛看见了他们的县委书记。一位老贫农泣不成声地说道："我们的好书记，你是为俺兰考人民，硬把你给活活累死的呀。困难的时候你为俺贫农操心，跟着俺们受罪，现在，俺们好过了，全兰考翻身了，你却一个人在这里……"焦裕禄去世后的这一年，他倡导制订的三年改造兰考面貌的蓝图已经变成了现实，那起伏的沙丘"贴了膏药，扎了针"，那滔滔洪水乖乖地归了河道，那连茅草都不长的老碱窝开始出现碧绿的庄稼，兰考这个豫东历史上最缺粮的县破天荒地实现了粮食自给。

1990 年 7 月 16 日，《福州晚报》一版登载了习近平同志的词作《念奴娇·追思焦裕禄》，深情写道"百姓谁不爱好官"；2015 年 8 月，习近平总书记《做焦裕禄式的县委书记》一书在全国发行……多年来，习近平总书记始终强调学习和弘扬焦裕禄精神。他曾动情地说，我们这一代人是深受焦裕禄同志事迹教育成长起来的，焦裕禄同志的形象一直在我心中。正所谓，生也沙丘，死也沙丘，父老死生系。焦裕禄走了，但他在兰考土地上播下了自力更生的革命种子，他一心为群众的高贵品德成为全党学习的榜样。今天的兰考，亦如他所愿。老百姓不仅实现了脱贫，而且日子一天比一天过得红火了。

启示：

焦裕禄是人民的好公仆、干部的好榜样。直到生命的最后一刻，他始终保持人民公仆的本色，想的仍然是人民群众的幸福安康，充分体现了共产党人立党为公、执政为民的崇高风范。焦裕禄用自己的实际行动，塑造了一个优秀共产党员和优秀县委书记的光辉形象，铸就了亲民爱民、艰苦奋斗、科学求实、迎难而上、无私奉献的焦裕禄精神。焦裕禄离开我们 57 年了，但他的崇高精神却跨越时空、历久弥新，无论过去、现在还是将来，永远是鼓舞我们艰苦奋斗、执政为民的强大思想动力，永远是激励我们求真务实、开拓进取的宝贵精神财富。

十一、甘愿为党和人民当一辈子老黄牛

　　王进喜（1923—1970 年），甘肃省玉门人，大庆油田石油工人。因用自己的身体制伏井喷而家喻户晓，被誉为"铁人"。先后荣获"100 位新中国成立以来感动中国人物""最美奋斗者"等荣誉称号。

　　王进喜是新中国第一代钻井工人，20 世纪 60 年代率领 1205 钻井队，以"宁肯少活二十年，拼命也要拿下大油田"的冲天干劲，人拉肩扛运钻机、破冰端水保开钻、勇跳泥浆池制井喷，"没有条件创造条

▲　王进喜制伏井喷

件也要上”地打出了大庆石油会战第一口油井，创造了年进尺 10 万米的世界钻井纪录。“铁人”王进喜是中国石油工人的光辉典范、中国工人阶级的先锋战士、中国共产党人的优秀楷模。

1949 年，在迎来新中国成立后生机勃勃的玉门大地上，当家作主的工人阶级展现出了他们极大的热情和创造力。1950 年，王进喜通过操作考核成为新中国第一代钻井工人，他勤快肯干，很能吃苦，杂活累活总是抢着干。每当有人问起缘由，他总是质朴地说，党把我们当主人，主人不能像长工那样磨磨蹭蹭、被动地干活。正是在这种工人阶级先进性与主人翁意识的感召下，1956 年王进喜光荣加入中国共产党。入党之后，担任贝乌 5 队[①]队长的王进喜继续发扬不怕累、不怕苦、勇当先的革命斗争精神，团结带领全队在石油工业部组织的以“优质快速钻井”为中心的劳动竞赛中，创出了月进尺 5009.3 米的全国钻井最高纪录。在“月上千，年上万，祁连山上立标杆”口号的激励下，贝乌 5 队 1959 年累计钻井进尺 7.1 万米（相当于旧中国 42 年钻井进尺的总和），被赞誉为“钢铁钻井队”，王进喜也被称作“钻井闯将”。

---

① 钻井队的番号一般是按钻机的序号排列的，“贝乌”是所使用苏联钻机名称的音译，5 队是按成立时间先后排序的。同时也可按照钻井能力对钻井队进行命名，如贝乌 5 队又名 1205 钻井队，指打井能力为 1200 米，钻机排号为 5。随着钻机的更新换代、人员的整合，同一个钻井队的番号也会变化。

1959 年，王进喜被评为全国劳动模范，参加了共和国成立 10 周年大庆的国庆观礼。当他看见北京街头因缺油不得不背上"煤气包"行驶的汽车，作为一名石油工人，王进喜从内心里感到歉疚和耻辱，从此这个圆鼓鼓的"煤气包"让这个西北汉子心里憋着一股劲。同年，东北发现大庆油田，1960年，松辽石油大会战打响，王进喜带领 1205 钻井队立刻请战，3 月赶赴萨尔图。下了火车，他一不问吃，二不问住，先问："我们的钻机到了没有？我们的井位在哪里？这里的钻井最高纪录是多少？"面对运送钻机设备的严重不足，王进喜带领全队工人把钻机化整为零，用撬杠撬、滚杠滚、大绳拉的办法，"人拉肩扛"把 60 多吨重的钻机设备卸下来，运到萨 55 井井场，完成安装。萨 55 井于 4 月 19 日胜利完钻，进尺 1200 米，1205 钻井队再创 5 天零 4 小时打一口深井的纪录。

"宁肯少活 20 年，拼命也要拿下大油田！"这是王进喜时常挂在嘴边、时刻记在心里的誓言。第一口井完钻放架时，王进喜被滚堆的钻杆砸伤了脚，坚持拄着双拐指挥打井。由于地层压力太大，第二口井钻到约 700 米时突然发生井喷，井场没有压井用的重晶石粉。王进喜当机立断，用加水泥的办法提高泥浆比重压井喷。水泥沉底又没有搅拌器，危急关头，王进喜扔掉拐杖，奋不顾身地跳进泥浆池用身体搅拌泥浆。经全队奋战，终于压住井喷，保住了钻机和油井。房东赵大娘不禁对工人们感叹道："你们的王队长可真是个铁人哪！"1960 年的

▲ 王进喜（中）在操作钻机

五一万人誓师大会上，"铁人"王进喜成为大会战的一面旗帜，在"学铁人、做铁人，为会战立功"的热潮中，轰轰烈烈的石油大会战很快取得卓越成绩，6月，大庆油田实现首车原油外运，1960年底，大庆油田生产原油总计97万吨。

"我小时候放过牛，最摸得准牛的脾气，牛吃草，马吃料，牛的享受最少，出力最大，所以还是当一头老黄牛最好。我甘愿为党、为人民当一辈子'老黄牛'。"从普通工人成长为领导干部的王进喜始终保持着谦虚谨慎的习惯，也始终把工人兄弟的冷暖和群众反映的困难放在心头。他看到天冷时工服不保暖，就到缝补厂建议把棉工裤后腰加高加厚，要求给工人做皮背心和皮护膝；他看到工队住房、吃粮面临困难，就利用业余时间带领工人和家属开荒种地，烧砖割苇，盖起"干打垒"，让工人和家属"吃饱肚子去会战"，"回来有个窝"；他看到大家从驻地到镇上买粮、邮信、看病不方便，就带领家属想方设法办起商店、粮店、邮局、豆腐坊、卫生所；他看到钻工子女没处上学，就带领大家在大队机关附近支起帐篷，建起大队级第一所小学——帐篷小学①。他到阿尔巴尼亚访问期间，利用补助外汇特意买了两个"热得快"，带回来给大家烧开水、熬中药。钻工陈国安病了，当地治不好，他利用开会机会把陈国安送到省城医院治疗。生产骨干张启刚因工牺牲，王进喜和队员们经常给张启刚的老母亲寄钱和粮票，一直供养到老……

　　"我是个普通工人，没啥本事，就是为国家打了几口井。一切成绩和荣誉，都是党和人民的，我自己的小本本上只能记差距。"在这种清醒意识和奉献精神的鞭策下，王进喜坚持严格要求自己和家人的言行。王进喜全家 10 口人，弟妹子女又要上学，一直精打细算地拮据度日，可大队派人给他家的猪肉和面粉，工人们想给他家换的铺炕席子，他和老母亲一律拒收。每月 30 元的"长期补助"总被他拿来补助困难职工，上级配给王进喜一台威力斯吉普车，他很少私用，一直用来给井队送料、送粮、送菜，拉工人看病。与王进喜爱人同期来的工人家属多数已转成正式职工，可他的爱人却一直作为家属在队

---

① 为了纪念王进喜，后来人们把这所小学命名为"铁人小学"。

里烧锅炉、喂猪。

1970年4月5日，参加全国石油工作会议期间，王进喜胃病发作，经解放军301医院检查确诊为胃癌晚期。10月，王进喜抱病参加国庆观礼，以中共中央委员身份检阅游行队伍。国庆节刚过，他的病情急剧恶化。临终前，他将一个小纸包交给守在床前的一位领导同志，里面是他住院以来组织给他的补助款和一张记账单，一笔一笔记得清清楚楚，一分也没动。"这笔钱，请把它花到最需要的地方去，我不困难。"1970年11月15日23时42分，"铁人"在为党、为国家、为人民贡献出最后一点光和热之后，永远地闭上了眼睛，年仅47岁。

"不怕苦，不怕死，为了党和人民的利益，就是上刀山，下火海，也要坚持打井。""铁人"王进喜是一个敢于为党和人民的事业赴汤蹈火的无产阶级战士，他把短暂光辉的一生都奉献给了我国石油工业，他身上的爱国、创业、求实、奉献的"铁人精神"，成为穿越时空依旧熠熠生辉的精神财富。

启示：

王进喜不仅是工人阶级的先锋战士、共产党人的楷模，更是为国家分忧解难、为民族争光争气、为民造福的民族英雄。他为我国石油工业的发展和社会主义建设作出了突出贡献，留下了宝贵的精神财富。以"爱国、创业、求实、奉献"为主要内涵的铁人精神和他永远把群众放在心头的为民情怀，集中展现了我国工人阶级的崇高品质和精神风貌，已经成为中华民族伟大精神的重要组成部分，永远激励着中国人民不畏艰难、勇往直前。

十二、七尺男儿生能舍己

孔繁森（1944—1994），山东聊城人。1979 年、1988 年两次援藏，面冰十载，把青春与生命都无私地献给了西藏的发展事业。孔繁森是领导干部的楷模，先后荣获"改革先锋""最美奋斗者"等荣誉称号。

▲ 孔繁森

"远征西涯整十年，苦乐桑梓在高原。只为万家能团圆，九天云外有青山。"孔繁森所作的诗篇正是他在高原十载的真实写照，由援藏到调藏，他鞠躬尽瘁、倾己所有，把一生的心血都奉献给西藏的发展事业。"一个共产党员爱的最高境界是爱人民"，他已离去近三十载，但他的精神依旧如雪域冰雪般涤荡人心、熠熠生辉。

1979 年，国家要从内地抽调一批干部到西藏工作，时任聊城地委宣传部副部长的孔繁森主动报名，以"是七尺男儿生能舍己，作千秋鬼雄死不还乡"条幅明志。孔繁森说，西藏急需干部支援，我这样的年轻县级干部不报名，党交给的援藏任务谁来完成？母亲年高，幼子在怀，孔繁森毅然选择了舍小家为大家。孔繁森本是作为日喀则地委宣传部副部长选调进藏的，报到后区党委考虑到他年轻体壮，临时决定改派他到海拔 4700 多米的岗巴县担任县委副书记。组织征询孔繁森意见时，他痛快答道："我年纪轻，没问题，大不了多喘几口粗气。"

那时，党的十一届三中全会的精神已在藏区传开，为了尽快在农牧区推广家庭联产承包责任制，孔繁森采用了先试点、再推广的方式，以实打实的成效打消了牧民们的顾虑。在岗巴 3 年，他走访了全县绝大多数的乡村牧区，访贫问苦、宣传政策、推广经验，和群众一起收割、打场、挖泥塘，与当地群众结下了深厚的情谊。1981 年任期满离开岗巴时，许多藏族同胞含泪为他送行。

7 年后，山东省再次选派进藏干部时，认为孔繁森有西藏工作经验，政治上也比较成熟，准备让他带队。又一次选择摆在孔繁森面前，"我是党的干部，服从组织安排"，孔繁森的回答一如 7 年前般坚定。作为山东省援藏干部的总带队第二次进藏，他知道这对三个未成年的孩子、年事已高的母亲、一人扛起家庭重任的妻子意味着什么。"娘，儿又要出远门了。"孔繁

▲ 孔繁森（右）在西藏阿里日土县过巴乡看望孤寡老人益西卓玛

森默默站在母亲身旁声音颤抖地说。"三儿啊，咱不去不行吗？"年迈的母亲鼓足了勇气才开口挽留，虽然她早已知道儿子的答案。"娘，咱是党的人，咱得给公家办事啊。"孔繁森哽咽了。"那就去吧，公家的事误了不行。多带些衣服、干粮，路上别喝冷水……"母亲的话句句打在孔繁森心头，他扑通跪在老母亲面前，满怀愧疚与不舍。谁也不会想到，这竟是他们母子见的最后一面。

1988 年，孔繁森二次进藏任拉萨市副市长，分管文教、卫生和民政工作。任职期间，他跑遍了全市 8 个县区的所有公办学校和一半以上乡办、村办小学，为发展少数民族教育事业殚精竭虑。在他和全市教育工作者的共同努力下，拉萨的适龄儿童入学率从 45% 提高到 80%。

1992 年，拉萨市下属县发生地震。孔繁森立即赶赴灾区指挥救灾。在羊日岗乡的地震废墟上，他收养了 3 个失去父母、无家可归的藏族孤儿曲尼、曲印和贡桑。孔繁森家境本就不富裕，多数的工资又都被他用于接济生活贫困的藏族群众，有时不到半个月就所剩无几。领养了 3 个孤儿后，孔繁森经济上更加拮据。为了不让孩子们跟着他受苦，他 3 次化名"洛珠"献血 900 毫升补贴家用。护士看他鬓角斑白，婉言劝告他不适合献血，他恳求道："我家里孩子多，负担重，急需要钱，请帮个忙吧！"护士见孔繁森如此恳切，只好同意他的请求。谁能想到，一个共产党的中高级干部竟过着如此清贫的生活？

1992 年，孔繁森再次援藏期满，西藏自治区党委决定任命他为阿里地委书记，这一任命意味着孔繁森将长期留在西藏工作，原本近在咫尺的一家团聚将化为泡影。面对人生之路又一次重大抉择，孔繁森再次毫不犹豫地服从了党的决定和人民的需要。有同志劝他，你是山东的干部，已经先后两次进藏，该吃的苦也吃了，凭你的政绩和能力，回去一定可以干得更好、进步得更快。听了这话，孔繁森的神情顿时严肃起来："怎么能说我是山东的干部呢？我们共产党员无论在哪里工作都是党的干部。越是边远贫穷的地方，越需要我们为之去拼搏。"

阿里地处西藏自治区的西北部，平均海拔 4500 米，被称为"世界屋脊的屋脊"。地广人稀，常年低温大风，自然条件

极端恶劣，生活艰苦，许多人望而却步。年近 50 岁的孔繁森，
到阿里赴任前已把自治区的有关部门跑了个遍，将阿里地区的
自然概况和历年来经济统计数字都抄在笔记本上。到任后他一
个县、一个区、一个乡地调研，从南方的边境口岸到藏北大草
原、从班公湖到喜马拉雅山谷地，实地考察，求计问策，寻找
带领群众脱贫致富的路子。在阿里不到两年的时间里，全地区
106 个乡，他跑了 98 个，行程 8 万多公里，茫茫雪域高原到
处都留下了他深深的足迹。

　　1994 年初，一场罕见的特大暴风雪席卷了阿里高原。在
孔繁森的带领下，地委、行署迅速组织了十多个工作组分赴各
灾区。厚厚的积雪封死了道路，他们就用铁锹挖，用汽车碾。
大家只有一个信念：尽快把党和政府的关怀送到灾区。孔繁森
顶风冒雪，背着他每次下乡都随身携带的小药箱，走村串户地
慰问受灾群众，给被冻伤的牧民们看病。他早年在部队医院当
过兵，粗通医术。来西藏工作后，为了解决当地缺医少药，他
做了大量工作。每次下乡前，他都要带上几百块钱的药。一
次，有位 70 多岁的藏族老人肺病发作，浓痰堵塞咽喉，没有
其他医疗器械可用，危在旦夕。孔繁森就将听诊器的胶管伸进
老人嘴里，又对着胶管将痰一口一口地吸出来，然后又为老人
打针服药，直到转危为安。

　　在孔繁森的带领下，阿里经济有了较快的发展。1994 年，
全地区国民生产总值超过 1.8 亿元，比上年增长 37.5%；国民

收入超过 1.1 亿元，比上年增长 6.7%。一幅全面振兴阿里经济的宏伟蓝图，正在这雪域高原上成为现实。

1994 年 11 月 29 日，孔繁森带领党政考察团赴新疆塔城巴克图口岸考察边贸工作途中发生车祸，托里县军民在第一时间组织抢救，年轻的战士排着长队准备献血，最终也没能挽留住他的生命，时年 50 岁。

身上仅有的 8.6 元、关于发展阿里经济的 12 条建议，这就是孔繁森留下的全部遗产。"一尘不染，两袖清风，视名利安危淡似狮泉河水。二离桑梓，独恋雪域，置民族团结重如冈底斯山。"党和人民的好儿子孔繁森，把他那高大的身躯融入这片壮丽、神奇的土地，把他那一生的心血奉献给了这片雪域。

孔繁森常说："把自己当泥土吧！让众人把你踩成路。"他将人民放在心头，人民也永远铭记着他。曾有人问孔繁森救助的一位老阿妈："孔书记是不是像你的儿子一样好？"老阿妈说："不，他是我的父亲。我的父亲死了，我的福气没了！"

如今，孔繁森生前憧憬的图景在阿里变成了现实：公路宽阔平整，机场雄伟壮观，人民生活富足。他的精神，就像这高原上盛开的邦锦花，无处不在，年年盛开。

启示：

一个人爱的最高境界是爱别人，一个共产党员爱的最高境界是爱人民。孔繁森用生命践行了他的诺言。他两度进藏，舍小家全大义，为党和人民的需要，呕冰十载，殚精竭虑，把一生的心血和宝贵的生命都留在了这片雪域高原，以一己之力唤醒冰雪覆盖着的勃勃生机，谱写了一曲动人心魄的奉献之歌。岁月能改变山河，但共产党人的信仰与精神永远不会失落：崇高、忠诚、无私、为民，将超越时空，成为人民心中永恒的丰碑，成为一代代共产党人不变的追求。

十三、陪将军当农民

龚全珍（1923—　），山东烟台人。开国将军甘祖昌夫人、江西省萍乡市南陂小学原校长。1957年随甘祖昌回乡务农，投身乡村教育和群众服务事业六十余载。先后荣获第四届全国道德模范、"感动中国"2013年度十大人物、全国优秀共产党员、"全国模范退役军人"等荣誉称号。

年近百岁、72年党龄、扎根贫困地区64年的龚全珍，是开国将军甘祖昌的夫人。1957年，戎马半生的甘祖昌将军请辞回家务农，决心带领乡亲们改变落后面貌。龚全珍毅然追随爱人的脚步，无怨无悔地投身江西莲花的教育事业。将军病故后，年过花甲的龚全珍为了不负爱人的嘱托，把自己全部的光和热都奉献给了社会和人民。时至今日，离甘祖昌将军崇高灵魂最近的她，依然在践行着一个共产党人永葆本色、一心为民、无私奉献、淡泊名利的不懈追求。

1957年，甘祖昌将军告诉龚全珍，今年夏天我们要回江

▲ 甘祖昌和龚全珍

西了。龚全珍翻看将军的日记时发现，这已经是他第三次向组织提出回乡劳动的申请了。日记里夹着从 1955 年到 1957 年的三张申请报告，上面写着："自 1951 年我跌伤后患脑震荡后遗症，经常发病，不能再担任领导工作了，但我的手和脚还是好的，我请求组织上批准我回农村当农民，为建设社会主义新农村贡献力量。"龚全珍明白，战争年代老甘受过的三次头部重伤落下了病根，因为个人原因影响工作是这个老红军决不允许发生的事，他想回家务农，就是要为老区的发展做点力所能及的事，就像他说的，做不了大事就做小事，但绝不能无功受禄。龚全珍选择追随他的爱人、他的战友，"你走到哪里，我就跟你到哪里"。就这样，全家 11 口人，带着 3 箱行李、8 笼新疆家禽家畜良种，从新疆来到江西莲花。

　　回到了莲花的甘祖昌，由穿皮鞋的军区后勤部长变成田间地头的"赤脚大仙"，腰杆笔直，走路飞快，插秧拾粪、除草开荒，就像雄鹰回到了久违的天空。"当农民我不合格，但老甘艰苦奋斗、无私奉献、淡泊名利的精神我可以学。"龚全珍以自己的方式与丈夫并肩把自己赤诚的爱投入这片红土地。"在新疆我是老师，到了莲花我还可以去教书。"她独自步行25公里到县文教局联系工作，被分配在九都中学任教。这所学校是刚开办的，条件很差，只有3名老师，龚全珍却一点不嫌弃、不怕苦，第二天就搬铺盖去了学校，把满腔的爱倾注于山区的孩子，每逢周末才回家帮丈夫和孩子料理生活，正如甘将军对儿女们所说："你们的爸爸是农业社的爸爸，你们的妈妈是学生们的妈妈。"

　　那时候，甘将军每月工资有330元，但一家人生活上却十分节俭，回莲花的头几年龚全珍没做过一件新衣服，全家过年没有肉吃，就连大女儿平荣结婚时看中一套家具，甘将军只说我们能有这些工资不是命好应得的，而是"人民的，应当用在正道上，不能浪费"。甘祖昌把自己大部分工资用来修水利、建校舍、办企业、扶贫济困。龚全珍全力配合丈夫，她将每月80元的工资，10元寄给远在山东的母亲养老，10元留给自己在学校吃伙食，其余的都用在了支援农村建设上。他们为莲花建起了3座水库、4座电站、3条公路、12座桥梁、25公里长的渠道，到今天还造福着莲花的千家万户。

　　龚全珍对甘祖昌的支持并非来自对丈夫或上级的服从，而是生发于一种由衷的理解和钦佩。很多年后，龚全珍遇到了一位相熟的年轻人，这位年轻人说："甘祖昌苦了一辈子不抵。他还叫崽女务农，真是糊涂。"龚全珍觉得，这是对甘祖昌的误解，他从来没有反对孩子们升学、就业，但必须凭自己的本事，不能要求组织上照顾。"祖昌没为儿女做什么，但他所做的是为大家的儿女造福，自己的儿孙也在其中了。"正是这种深刻的理解，才使甘将军崇高的革命精神成为激励着龚全珍不断前行的动力源泉。将军故去，龚全珍便接过甘将军肩上的使命与责任，继续在这片故土上践行着他们的初心与信仰。

　　1986 年，甘祖昌将军病逝。龚全珍提出要搬到幸福院去。儿女们很不理解：儿孙满堂不是快快乐乐吗？妈妈要住到幸福院去别人还会以为我们不孝顺呢！但是龚全珍坚持要去，她说："作为一名共产党员，60 多岁就待在家里享清福，应该吗？你们的爸爸像我这么大年纪时，还在劲头十足地干着呢！"原来，这是她与甘将军的约定，龚全珍在日记里写道："我到幸福院来安度晚年，这条路是祖昌指的，我也认为很合适。我将为祖昌的战友和他们的家属服

▲ 龚全珍老人展示家中的老照片

务。幸福院旁边是琴亭小学，我还要为孩子们多做点事。"

扶危济困、帮助他人，多年来已经成为龚全珍的一种生活方式，她曾向党组织承诺：健康时，多为孤寡老人做一些力所能及的事；有病时，不住特殊病房，不用昂贵的进口药；去世后，生前最后一个月的工资作为党费上交，希望能捐出自己的肝脏、眼角膜和遗体；她捐助的贫困生，子女们要继续负责到底。慷慨如她，对自己却能省就省，没有存款，没有房产，家里的沙发垫是她用穿了多年的棉裤改成的，一块三四十块钱的电子表，坏了很多次，修好了她又戴上，外壳早已锈迹斑斑。

龚全珍非常关注下一代的成长，十分关心革命精神在青年一辈中的传承。从1997年起，她连续10年在县关心下一代工作委员会任领导职务。哪所学校有困难，哪个孩子需要帮助，她心里都有本明细账。作为县老干部宣讲团年纪最大的成员，龚全珍始终活跃在爱国主义教育的第一线，经常到机关、企业、学校、社区作教育报告，很受大家的欢迎。龚全珍讲的"八粒蚕豆过草地"的红军故事，让很多孩子改掉了挑食、浪费的坏毛病；龚全珍讲述甘将军的戎马岁月，让驻地武警官兵热泪盈眶。没有人记得龚全珍去了多少地方、作了多少报告，但大家都知道，她从不要一分钱报酬，还经常自带馒头或面包，就着白开水当午饭。

有人问龚全珍："您这么大年纪了，不在家安度晚年，整天忙这忙那，图个啥？"龚全珍语重心长地答道："十几年来，每次从睡梦中醒来，我都会听见老甘临终前说的那句话：'下次领工资，再买化肥，送给贫困户'。我们图个啥？不图啥！人民用小车推出了新中国，给了我们崇高的荣誉，我们没有理由不为群众谋幸福。只要还能动，还能讲，我就要为社会做一点事。我是一名老兵，要永葆党员本色，永不掉队！"这便是甘将军留给龚全珍最大的精神财富。如今，龚全珍又年复一年地在家庭、在讲台、在操场、在社区将革命的精神传递出去，家里的后辈都以父母为榜样，时刻谨记要老老实实做人，勤勤恳恳干事，力所能及地多帮助人，不能给父辈抹黑；龚全珍资助过的学生，接过龚全珍手中的接力棒，站在她曾站过的讲台上，用爱与知识继续哺育下一代成长；琴亭镇的离退休干部，在龚全珍的带动下，踊跃为汶川地震灾区捐款捐物；以龚全珍命名的革命传统和理想信念教育工作室，吸引了许多年轻人的加入，树立起具有莲花特色的党性教育品牌……"龚全珍"就是一块金字招牌，是对共产党人初心和使命最好的注解，是对革命精神最鲜活的传承。

龚全珍总说，自己做的事情哪怕再小，都是在延续甘祖昌建设美好家乡的梦想。这份真挚而高尚的爱，指引着这位"普通的老党员"六十余载初心不忘、不断前行。

启示：

使命不是空谈，信念不是高蹈。龚全珍不但多次捐款救灾、资助贫寒学生、帮扶困难家庭，用点点滴滴的爱滋润乡里，而且组建志愿者服务队、创新社区管理机制、致力革命老区教育事业，以更大的担当将个人的精神力量不断壮大成一种风气。她以实际行动作出榜样：使命应该落到实处、细处，信仰更可以是温润的、具体的、可感的。先进而又始终保持与群众的血肉联系，始终有着不懈的活力。龚全珍有着一个真正的共产党人的崇高品格和高尚情怀，一生践行着共产党人的使命与信念。

十四、"好人"村支书

郑九万（1951—　），浙江省永嘉县人，永嘉县山坑乡后九（峰）村原党支部书记。荣获过"全国优秀共产党员""优秀村党支部书记""为民好书记"等荣誉称号。

▲　郑九万

"我们就是讨饭，也要把书记这条命救回来！"2005年10月5日，村支书郑九万颅内动脉瘤破裂，需要马上手术的消息传到浙江省温州市永嘉县山坑乡后九（峰）村后，村民们纷纷凑钱。有的把刚刚从别人手里借来买鸡饲料的钱拿出来，有的把准备抓药的钱送过来，有的村民没有什么积蓄问遍亲友借钱来，还有的把家里备着买油盐的钱也拿来了。就这样，大家你50我

100，一天之内，这个人均年收入只有 2500 元、总共也只有
65 户人家的小山村硬是凑了 6 万多元。

10 月 6 日一大早，30 多位村民从家里赶到医院陪郑九万
手术，整整等候了 9 个小时后手术结束。医生说手术虽然封住
了破裂的血管区，但动脉瘤未能取掉，需要二次手术。村民们
听后，都忍不住哭了。10 日中午，第二次手术开始，有 60 多
位村民始终在手术室外默默等候，这些人中包括村里在外务工
的村民，他们听说支书要做第二次手术的时候，全都自发赶
来。淳朴的他们坚信真诚的守候能给支书带来好运。经过 6 个
小时的手术后，郑九万终于脱离危险。从病发到手术成功，郑
九万躺在病床上饱受折磨，村民们也以真心真情与死神进行了
一场生死争夺。当郑九万康复回到山村时，村子里贴满了"早
也盼，晚也盼，书记早安康"之类的标语，大家还像过年一样
放起了鞭炮。

一个普普通通的山村党支部书记得了大病，为什么村民们
如此牵肠挂肚？郑九万到底有什么魔力？这还要从他当上村支
部书记开始说起。

郑九万所在的后九（峰）村是山坑乡最边远的一个行政村，
地处高山，生活用水十分困难，"吃水贵如油，争水打破头"
是当时的真实写照。村民们经常早上天不亮就起床，到几里外
的山坑里挑水喝。1986 年，郑九万上任后的第一件事，就是
解决喝水难的问题。要解决这个问题需要足够资金，可是村集

体经济很薄弱，根本拿不出钱来。郑九万把家里仅有的 500 元钱拿出来，带领村干部挨家挨户做工作，每人集资 50 元，并动员村民做义工。很快，水管装好了，干净的自来水流淌到了这个山旮旯里的小村里，使这里成为较早吃上自来水的村庄之一。

解决了吃水的问题，接下来就要解决路不通的问题了。郑九万深知要致富，必须先修路。单凭肩扛手挑，后九（峰）村脱贫致富的梦想根本没法实现。特别是当看到村民的一千多斤的优质西瓜，因为不能及时运出山，加上雨水多，几乎全烂在了地里的时候，更坚定了他修路的决心。他主动跑部门，争取上级支持，终于在 2002 年利用全县通乡公路联网公路建设的时机争取到村通机耕路的项目。为了修好路，郑九万不辞劳苦，带头捐资，带头挑泥土、搬石块，多次自掏腰包解决修路征地带来的赔偿问题，还把在外打工的两个儿子都叫回来帮忙。郑九万的干劲鼓舞了村民们，靠着村民的一镐头一篮筐的努力，2003 年冬，硬是在悬崖峭壁上凿出了一条四五米宽的机耕路，让"天堑"变成了通途。山村拥有了漂亮的"腰带"，郑九万的身上从此也多了一条常年离不开的膏药"腰带"。因为修路使他备受腰椎间盘突出的痛苦，但为了群众致富，他甘愿忍受这一切。路通了之后，郑九万又开始绞尽脑汁，为村民寻找致富门路。先是栽种高山红柿，后来高山青椒、乌牛早茶等纷纷上马，村里的人均年收入逐年增长。

▲ 郑九万和村民在劳动

"是党的人,就要替党分忧,就要站在前锋,帮村里人做事",这是郑九万经常说的一句话,他也一直是这么做的。村民们说他是"有十分力绝不只出九分,有十分钱绝不只出一分",他们把一个"好人"的称呼送给了郑九万。村妇女主任陈菊蕊老伴得了骨质增生,急需钱治病,郑九万获得消息,马上把卖牛后准备为儿子娶媳妇的2180元送到了她家里;村民徐玉钗的丈夫患了重病,不能下地干活,儿子又在外地打工,郑九万每年都帮他们家插秧、割稻、晒番薯干;村民刘光淼秋天开拖拉机翻车压坏了腿,郑九万不但垫付了几百元的医药费，而且帮他家收了土豆、种了冬麦，还送给他 50 元钱买补品；村民刘松雨家遭火灾，郑九万把他们一家五口安排到住房宽裕的人家，送来自家的粮食，发动村民募捐相助，还亲自上山砍柴、下窑烧砖，帮助刘松雨修补房屋，整整帮刘家忙了 28 天，直到他们住进新屋……他总是把村里的事、群众的事看得比自家的事重要。就在他发病前夕，还在村办公室与村"两委"干部讨论如何加快建设高山红柿基地。这个"吃自家的饭，干别家的活"的村支书，在村民心中写就了一个永不褪色的"好"字。

2005 年 11 月 22 日，时任浙江省委书记的习近平同志作出重要批示："老百姓在干部心中的分量有多重，干部在老百姓心中的分量就有多重。郑九万同志的先进事迹正是这句话的真实写照。他以共产党员的实际行动赢得了老百姓对他的尊重和爱戴，他是当前正在深入开展的保持共产党员先进性教育活动中值得党员和群众学习的好典型。"习近平同志在收到郑九万的感谢信后，又亲自给他写了回信，高度赞扬了郑九万，并勉励他安心养病，等身体痊愈后继续带领全村干部群众，艰苦奋斗，加快发展。

启示：

"天地之间有杆秤，那秤砣是老百姓"。一切为民者，则民向往之。郑九万，一名小山村中普通的党支部书记，凭着对党的赤胆忠心和对群众的一片深情，从通水到通路，再到经济作物的遍地开花，几十年如一日扎扎实实地坚守在岗位上，通过点点滴滴暖了民心，以为民的实际行动赢得了民心。生死之际，淳朴的山民"宁可讨饭"也要救回他们的村支书，称出了郑九万这个共产党员在老百姓心中沉甸甸的分量。他这种始终为民的情怀展现了共产党人的精神风貌，值得我们深入学习。

十五、"老县长"高德荣

▲ 高德荣

高德荣（1954—　），独龙族，贡山独龙族怒族自治县独龙江乡人，曾任贡山县人民政府副县长、县人大常委会主任、县人民政府县长、怒江州人大常委会副主任等职务。2010 年 1 月起担任州委独龙江帮扶工作领导小组副组长。先后荣获"全国敬业奉献模范"、"最美奋斗者"等称号。2019 年 9 月，被授予"人民楷模"国家荣誉称号。

"丁香花儿开，满山牛羊壮，独龙腊卡的日子，比蜜甜来比花香；高黎贡山高，独龙江水长，共产党的恩情，比山高来比水长。"这是独龙江乡的高德荣写的一首诗，生动表现了独龙族人民幸福生活的场景。

独龙族是我国 28 个人口较少民族之一，是新中国成立初期一个从原始社会末期直接过渡到社会主义社会的少数民族，主要聚居在云南省贡山县独龙江乡。当地地处深山峡谷，自然条件恶劣，一直是云南乃至全国最为贫穷的地区之一。独龙族人高德荣在 1984—1990 年间，先后担任了独龙江区（乡）副区长、区长、乡长、党委书记，对家乡的贫困感受至深。困扰独龙江乡的最大问题是不通公路，基础条件差，缺资金、缺项目、缺医生、缺教师、缺文人，发展受到太多限制。作为一班之长，高德荣心急如焚，心情沉重而复杂！ 1990 年，当他离开独龙江到贡山独龙族怒族自治县工作时，虽然基础条件有所改善，但还是留下了太多遗憾。

后来当上贡山县县长的高德荣认识到，身为一县之长，穿百姓之衣，吃百姓之饭，如果不为百姓做事，对不起党，对不起百姓，对不起自己。他发誓要带领独龙族群众改变落后面貌，过上幸福美好生活。他说自己有两大梦想：一是修一条公路，打破独龙江乡与外界割裂的历史现状；二是发展一个产业，让独龙族群众尽快富裕起来。功夫不负有心人，1997 年，上级党委政府决定开工修建独龙江至贡山县城的公路。高德荣建议公路进入独龙江最后 5 公里由独龙族群众组成一个工程队来完成。因为独龙族生产力水平相对落后，指挥部担心独龙族施工队不能完成任务，表示不同意。高德荣恳切地说："正是因为我们独龙族落后，才更需要学习修路的技术，独龙江公路修通了，以后还要修乡村公路，不靠独龙族群众靠谁?"独龙族施工队组建起来了，人们担心的事情也终于发生了。修公路是非常辛苦的事情，而且有相当的技术含量，有的独龙族民工没干几天就扔下工具回家了。高德荣看在眼里急在心上，他挨家挨户把民工找回来，白天和民工一起抬石头，晚上一起住工棚。每天天不亮，他第一个起床烧起火，煮好早饭，这才把独龙族民工叫起来，一边吃饭，一边教育他们要努力工作、学好技术。参与独龙江公路修建的外地施工队队长说，谁都想不到这个亲自给独龙族民工做早饭的中年人，竟然是贡山县人民政府的副县长。独龙江公路最后 5 公里，就是在高德荣这个"编外施工队长"的督促下按时按质完成的。后来，这批独龙族民工在修建独龙江乡村公路的过程中的确发挥了骨干作用，大家对高德荣的远见卓识刮目相看。经过 3 年连续奋战，1999 年公路修通了，结束了中国最后一个少数民族地区不通公路的历史，来回县城时间从六七天缩短到十四五个小时，独龙族同胞走出了大山，实现了与现代文明的对接与融合，对独龙族而言，这意味着"第二次解放"。但是，这条简易公路，每年仍然有半年的时间，因大雪封山而中断。

为了帮助独龙族人过上好日子，2006 年，高德荣把家搬回独龙江，全身心投入独龙江发展事业上。2010 年 1 月，云南省委、省政府作出"不让一个兄弟民族掉队"的庄严承诺，

▲ 高德荣在独龙江公路推雪保通现场

部署"独龙江乡整乡推进、整族帮扶行动计划",实施"安居温饱、基础设施、产业发展、社会事业、素质提高、生态建设"六大工程,全面推进独龙江经济社会发展,这是共产党给独龙族人民带来的又一个福音。高德荣接受州委独龙江帮扶领导小组副组长一职,主要负责独龙江公路的改扩建工程。2014年初,打通了 6.68 公里的高黎贡山隧道,3 小时可到达县城,标志着独龙族同胞彻底告别每年大雪封山半年的历史。2014年元旦前夕,当地群众期盼多年的高黎贡山独龙江公路隧道即将贯通,贡山县老县长高德荣和另外 4 位独龙族干部群众难抑喜悦,提笔给习近平总书记写信报喜。总书记很快回信,独龙族乡亲们兴高采烈。

路要通，贫也要脱。高德荣认为，独龙族发展决不能靠挖石头、砍树致富，发展适合当地实际的产业才是最好的出路。他发现，草果贴地生长，喜阴，适合林下种植，不需要开山，不需要伐树，有利于生态保护，适合独龙江雨水多、植被好的实际。他开始建基地，搞培训，但推广不顺利，老百姓不相信红彤彤的小果也能致富！他就一方面挨家挨户做思想工作，一方面边育苗边试种，终于获得成功，用事实说服了群众。如今，独龙江乡老百姓种植养殖积极性高涨，草果、重楼、蜜蜂、独龙牛、独龙鸡、漆树、蔬菜等一批产业发展壮大，家家户户住进了"别墅式"农家小院，通了电话，有了电视、手机、互联网，独龙族群众生产生活条件发生巨大变化。2018 年，独龙江乡 6 个行政村整体脱贫，独龙族实现整族脱贫，当地群众委托乡党委给习近平总书记写信，汇报独龙族实现整族脱贫的喜讯，表达了继续坚定信心跟党走、为建设好家乡同心奋斗的决心。

2019 年 4 月 10 日，习近平总书记给云南省贡山县独龙江乡群众回信，祝贺独龙族实现整族脱贫，勉励乡亲们为过上更加幸福美好的生活继续团结奋斗。他表示，你们乡党委来信说，去年独龙族实现了整族脱贫，乡亲们日子越过越好。得知这个消息，我很高兴，向你们表示衷心的祝贺！总书记指出，让各族群众都过上好日子，是我一直以来的心愿，也是我们共同奋斗的目标。新中国成立后，独龙族告别了刀耕火种的原始生活。进入新时代，独龙族摆脱了长期存在的贫困状况。这生动说明，有党的坚强领导，有广大人民群众的团结奋斗，人民追求幸福生活的梦想一定能够实现。

启示：

独龙族实现整族脱贫，意味着独龙族人的生活实现了翻天覆地的巨大变化。但脱贫不是目的，还要发家致富。正如习近平总书记所说，脱贫只是第一步，更好的日子还在后头。希望乡亲们再接再厉、奋发图强，同心协力建设好家乡、守护好边疆，努力创造独龙族更加美好的明天！在党的领导下，独龙族人民依靠自己勤劳的双手实现了脱贫，可喜可贺。但还要与全国人民一起建设社会主义现代化。这就需要像高德荣这样一心为民的好干部，作为独龙族群众的领路人，继续发挥先锋模范作用。高德荣用自己的实际行动践行了为民谋幸福的初心。高德荣虽然已经从县长的岗位上卸任多年，群众依然习惯称呼他为"老县长"。"老县长"这个称呼在怒江州家喻户晓，成为高德荣的代名词。这是人民群众对他最高的褒奖。

十六、人民代表就要代表人民的利益

申纪兰（1929—2020 年），山西平顺人，山西省平顺县西沟村党总支副书记，第一届至第十三届全国人大代表。曾获"全国劳动模范""全国优秀共产党员""全国脱贫攻坚'奋进奖'""改革先锋"等称号，2019 年荣获"共和国勋章"。

▲ 申纪兰

申纪兰 1929 年出生于平顺县南底村。1946 年，17 岁的申纪兰嫁到西沟村，开启了带领西沟百姓与艰苦环境作斗争，勤劳致富，脱贫攻坚的奋斗篇章。在这 74 年里，在中国共产党的培养下，她从目不识丁的农村妇女，成长为全国人大代表，从西沟农村走到北京，走出国门，走向世界。但在她心里，她始终是一个农民，西沟是她扎根的地方。作为唯一一名从第一届连任到第十三届的全国人大代表，她来自人民、情系人民，始终代表人民、表达人民的心声。

1951年，申纪兰当选西沟村初级农业生产合作社的副社长。在那个年代，受旧观念的影响，"妇女不出院"，"不离锅台、炕台、碾台"。妇女无法走向社会参加劳动。即使参加劳动，女社员只能计一半的分，而且只能记到丈夫名下。以性别划分劳力的不公平方式，严重挫伤了妇女的积极性。为了调动妇女参与劳动的积极性，申纪兰挨家挨户做工作，通过男女之间进行农活比赛，激发了妇女的干劲，赢得了男女记同样工分的"待遇"。1952年，长治地区召开农村互助合作会议，申纪兰作为妇女代表出席会议，并介绍了她如何动员妇女出工，争取同工同酬的经过。这一经验以《劳动就是解放，斗争才有地位》为题目，登上了《人民日报》，并最终推动了"男女同工同酬"写入宪法。

西沟村地处太行山革命老区，沟壑纵横、干旱缺水，自然条件恶劣。如何带领村民们过上好日子，成了申纪兰心里最重要的事。治山、种树、修河沟、建大坝、修水库、打旱井，每一桩改变西沟自然环境的大事，她都冲锋在前。为了引洪淤地，申纪兰第一个跳进河里堵缺口；为了保护树木不被大火烧毁，80岁的申纪兰坚决要上山救火，直到大火熄灭才肯下山。纺织、接生、养猪、点炮、经商，凡是能改善西沟乡亲生活水平的工作，她都愿意去学、愿意去干，再苦再累也能坚持。数十年的坚守，荒沟荒滩变成了"绿色银行"，乱石山上建起了村办企业，发展了红色旅游。过去的穷西沟，已经变成了新西沟、美西沟。

西沟的矿泉水、豆浆、果蔬汁、核桃露销往全国。"纪兰牌"已经成为山西省著名商标。起初，申纪兰担心影响不好不想写个人名字，但后来思想发生了转变，她说："是我的思想不够解放，只要对人民群众有利，牺牲了都不怕，写个名字怕什么？"人们关注西沟，认准"纪兰牌"，是因为申纪兰和"纪兰精神"是一种品质的保证。在村办企业中，她曾担任过厂长、董事长，却不占一份股，也不领一份工资。她把全部的精力都投入西沟村的致富之路中，不曾用权力为自己和子女谋取任何私利。她说："为人民服务，有一百个理由；为自己盘算，没有任何借口。"

作为人大代表的申纪兰，从来没有脱离过群众。为了让自己时刻与群众在一起，她的房子和群众建在一起，365天都睡土炕，保持与群众的血肉联系。申纪兰说："每天生活在农村，知道农民想甚、盼甚。"有人曾问申纪兰有没有级别，她回答道："有级别，我的级别是农民。"在作为人大代表的66年中，申纪兰提出的议案和建议覆盖"三农"、交通、教育、水利等各个领域。每封群众的来信她都一一看过，并认真整理。各地群众去西沟找她，她也都耐心接待，有求必应，全力以赴。申纪兰深知，当人大代表，也就是要替群众办事，替群众说话，只有做到这些才是个好代表。1973 年，申纪兰曾担任山西省妇联主任。面对"正厅级"职位，她主动与省委约定了"六不"——不转户口、不定级别、不领工资、不调动工作

▲ 申纪兰扛着锄头下地劳动

关系、不脱离农村。人大代表是身先士卒带领群众，年复一年不断地干出来的。而申纪兰一干就是 66 年，不曾懈怠、不曾抱怨，坚定的信念、勤劳的双手，为这个时代树立了一个光辉的劳模形象。

2020 年 5 月，申纪兰第 66 次参加全国人大会议，她说："今年我们最大的任务就是脱贫攻坚，打赢这场硬仗。我是农民代表，每天生活在农村，知道农民想啥盼啥。脱贫致富奔小康，我们有信心有决心。"此时的申纪兰已然患病，但她不曾放弃任何一个为民请命、为民发声的机会。山西省大寨村党总支书记郭凤莲说："她是真正的传奇式人物。"生命的最后时刻，申纪兰最牵挂的仍是西沟村，她对郭雪岗和张娟说："西

沟村是我的根，现在你们铺开摊子干吧，要办一件成一件。记住要艰苦奋斗，勤俭节约，穷家不好当。西沟村能有今天是大家努力的结果，不能让西沟村塌了。"申纪兰将一生的努力献给了西沟，一生的荣耀留给了西沟，一生的精神传承不息。正像习近平总书记在西沟考察调研时曾说："太行精神光耀千秋，纪兰精神代代相传"。

启示：

都说这个时代是女性撑起了半边天。申纪兰用坚强的意志、勤劳的双手，在女性柔弱的外表下，打磨出了吃苦耐劳、顽强不屈，敢教日月换新天的勇气与决心。在她的带领下，越来越多的女性走出家门，走向社会，为中国特色社会主义建设贡献力量。在66年人大代表的生涯里，她始终代表农民，代表着优秀的共产党员的光辉形象，代表着扎根土地的劳模精神，日日夜夜地为西沟村辛勤耕耘，所思所想都是为了让人民群众过得更好。申纪兰走了，但我们不会忘记，荒山乱石中她带领大家植树造林的身影。"纪兰精神"将永远照耀太行山。

十七、悬壶济世游刃肝胆

吴孟超（1922—2021 年），福建省闽清县人，肝胆外科专家，中国科学院院士，中国肝脏外科的开拓者和主要创始人之一。曾获"国家最高科学技术奖""模范医学专家""感动中国 2011 年度人物"，我国将 17606 号小行星命名为"吴孟超星"。

中国是肝癌高发国家。20 世纪 50 年代，我国还没有做过一例成功的肝脏外科手术，在肝癌防治领域更是一片空白。那时，一位年轻的医者立下雄心壮志，向肝脏外科领域进军。而今，他创造的"五叶四段"理论和"吴氏刀法"，成功拯救了无数病患的生命，使我国肝脏外科长期处于国际领先地位。

1922 年 8 月，吴孟超出生在福

▲ 吴孟超

建省闽清县，5 岁时跟随母亲到马来西亚投奔父亲。1940 年，他抱着"回国找共产党，上前线去抗日"的愿望，踏上归国之路。由于战争封锁无法前往延安，只好先入同济大学附属中学求学。1943 年，被国立同济大学医学院录取。当时，一名外国专家断言：中国的肝脏外科想赶上我们的水平，至少要二三十年。这句话激起了吴孟超的斗志，他愤然写下"卧薪尝胆、走向世界"八个字。经过成千上万次的解剖实验，吴孟超的"三人研究小组"提出了"五叶四段"解剖理论，为中国的医生找到了打开肝脏禁区大门的钥匙。吴孟超的柳叶刀一拿便是 70 多年，直至 97 岁高龄才退休。

1960 年，吴孟超主刀完成我国第一例肝脏肿瘤切除手术，实现了中国外科这一领域零的突破。此后，他首创常温下间歇肝门阻断切肝法，成功完成世界上第一台人体中肝叶切除术。之后还研究出符合中国人体质的肝脏外科手术技术体系，使我国肝癌手术成功率从不到 50% 提高到 90% 以上，仅用 7 年时间，就将中国的肝脏外科水平提升至世界一流水平。成功从来都不是一蹴而就的。从将剪碎的乒乓球溶入丙酮开始，吴孟超用刻刀日复一日制作肝脏标本，他将肝脏内部构造和血管走向烂熟于心，从而为实施肝脏手术打下了坚实基础。

吴孟超没有因为一朝的成功躺在功劳簿上，而是为中国的肝脏外科培养了大批的接班人。1978 年起，吴孟超带头招收研究生，他牵头的学科规模从一个"三人研究小组"发展到目前的三级甲等专科医院和肝胆外科研究所，成为国际上规模最大的肝胆疾病诊疗中心和科研基地。他培养的 260 多名博士、硕士研究生已成为我国肝胆外科的中坚力量。吴孟超最大的梦想是跟自己的学生一起消灭肝癌。他常对学生说："医学是一门以心灵温暖心灵的科学"。吴孟超还设立肝胆外科医学基金，奖励那些为中国肝胆外科事业作出卓著贡献的杰出人才和创新性研究。

很难想象，吴孟超 96 岁时仍然站在手术台上，他是全世界年龄最大的外科手术医生之一。他的手术至今还保留着几项世界纪录，患者年龄最小的只有四个月，患者手术后存活时间

▲ 吴孟超在给医务人员布置门诊安排

最长达 47 年，切除最大的肿瘤达 18 千克。从业 70 多年，只要不出差，吴孟超每周都要上台做手术，年平均手术量竟达到 200 台。由于长时间握手术刀，他的右手食指已经严重变形。加上长时间站立，他的脚趾已经不能正常并拢。但是他用顽强的信念克服了生理的极限。吴孟超的女儿吴玲说："这个岁数的老人，老早就该享清福了！但是他有他自己的信念，不达目的不罢休，所以我们就支持他。"

吴孟超的双手不仅能让人起死回生，更能温暖人心。吴孟超每次看病前总是先把双手搓热，然后才和患者接触。一切从患者出发，一切为患者着想。厦门公安局交警支队民警陈清洲，是中宣部授予"时代楷模"荣誉称号的"不忘初心的好民警"，2017 年春罹患肝癌。吴孟超认真研究病情后，决定主刀手术，为陈清洲切除了巨大肿瘤，又专门制订了进一步治疗方案。陈清洲说："大家都说我喜欢帮人，但没有吴孟超院士的帮助，我无法如此健康地生活。"2018 年 4 月，吉林一名 70 多岁的肝癌患者找到吴孟超。96 岁的吴孟超亲自主刀，顺利切除了患者位于中肝叶的肿瘤。康复出院时，感激涕零的患者一家人恨不得跪在他的面前。吴孟超说："我看重的不是创造奇迹，而是救治生命。医生要用自己的责任心，帮助一个个病人渡过难关。"

1956 年 3 月 28 日，吴孟超被批准加入中国共产党，谈及入党原因，他认为中国共产党是真正为人民、为国家做出好的榜样。成为一名共产党员，为祖国的建设、为人民的健康服务就是他的初心。就像当年入党誓词里说的那样，吴孟超用实际行动捍卫了自己的信仰。上海同济大学附属同济医院院长程黎明教授深有感触："吴孟超院士带给我们的不仅是精湛的医术，更是他对事业的无限忠诚和对患者的无私关爱，他的精神永远能给我们以鼓舞、鞭策和激励！"护士长程月娥和吴孟超搭档30多年，她说："一次手术后，吴老靠在休息室的椅子上，胸前的手术衣都湿透了，两只胳膊支在扶手上，轻轻地叹气道：如果哪一天我真在手术室倒下了，记得给我擦干净，不要让别人看到我一脸汗水的样子。"

作为医生，他几十年如一日，对病人满腔热忱，高度负责，廉洁行医，赢得了海内外广大患者的敬重。大家盛赞他是"救命恩人""华佗再世""白求恩式的好医生"。作为一名享誉海内外的肝胆外科权威，慕名前来找他看病的病人排成长龙，其中有为数不少的华侨和外宾，他不分高低贵贱，不管什么病人向他求医，都认真接待，细心诊治；不少患者求医心切，常常在马路上将他的车子拦下，而他总是耐心接过病人的病历和片子细心询问查看，热心安排治疗。他人到哪里，就看病到哪里，外出考察、开会的间隙常常是他为病人就诊、手术的时间。出差归来，他总是先到病房看望病人，然后再回家。1975年吴孟超给一位安徽农民做手术后，23年中每隔一段时间都要亲自或派人千里迢迢去为他检查身体，嘘寒问暖。吴孟超说：党和人民把这么多荣誉和这么高的褒奖给了我，这是莫大的承认和激励，我将用一生履行入党和从医时的承诺，为党争光、为人民群众谋健康！

2021 年 5 月 22 日，吴孟超因病医治无效，在上海逝世。这是我国医学界的重大损失。在悼念仪式上，有一副对联写着："一代宗师披肝沥胆力拓医学伟业，万众楷模培桃育李铸就精诚大医。"这是对吴孟超一生最客观的评价。

启示：

西晋杨泉在《物理论》中曾说："夫医者，非仁爱之士不可托也，非聪明理达之士不可任也，非廉洁淳良不可信也。"想成为一名大医，须有"仁心"，医德高尚、悬壶济世；须有"仁术"，精通医理、医术精湛。吴孟超便是这样一位悬壶济世、游刃肝胆的大医。与此同时，作为一名优秀的共产党员，吴孟超用自己的行动自觉践行入党誓词，将人民群众的生命看得比自己的身体还重要。吴孟超将毕生的心血献给了中国的医疗卫生事业。他用仁心仁术拯救了无数的生命和家庭，为中国的肝胆外科事业培养了接班人，让中国肝脏外科处于世界领先地位，体现了共产党员为国为民的情怀和担当。

十八、稻田里的"守望者"

袁隆平（1930—2021年），江西德安人。中国工程院院士，中国杂交水稻育种专家、中国研究与发展杂交水稻的开创者，被誉为"杂交水稻之父"。先后获得国家发明特等奖、首届国家最高科学技术奖、联合国教科文组织"科学奖"等，荣获"最美奋斗者"称号，被授予"改革先锋"奖章、"共和国勋章"。

"Hello! Dear friends from African countries.We warmly welcome you come to Changsha City to attend the China-Africa Cooperation Meeting……"（最尊敬的非洲朋友们，你们好！我们热情地欢迎各位来到长沙，来参加中非农业合作发展研讨会……）

▲ 袁隆平

　　2020年6月27日，首届中非经贸博览会在湖南长沙举行，一位耄耋老人用视频方式向中非农业合作发展研讨会献上了一篇全英文的致辞。致辞发布后，"水稻明星"再次引发人们的关注。他就是被誉为"杂交水稻之父"的袁隆平。

　　袁隆平，1930年9月出生，江西德安人。在他出生的年代，中华大地上到处灾荒战乱，人民生活颠沛流离。年少的袁隆平跟着家人被迫从一个城市辗转到另一个城市，虽然少不更事，但每当看到沿路举家逃难、面如菜色的同胞，看到荒芜的田野和满目疮痍的土地，袁隆平的内心总会泛起一阵阵痛楚。报考大学时，他毅然选择了学农。1953年，从西南农学院毕业后，他被分配到湖南安江农校任教。

　　安江农校地处偏远，很多人都告诫他做好"一盏孤灯照终身"的思想准备。袁隆平不怕苦，觉得只要能传播农业科学知识，不管在哪里都是为国家作贡献。从1959年开始，一场罕见的自然灾害席卷神州大地，很多人都饿死了。身在湖南安江农校的袁隆平目睹了中国大饥荒的惨状，发誓要发挥自己的才智，用学到的专业知识让所有人都能吃饱饭。

　　1961年7月的一天，袁隆平像平常一样，挽起裤腿到试验田选种。突然，他在田中发现一株"鹤立鸡群"的稻株，穗大，颗粒饱满。袁隆平十分欣喜，以为选到了优良品种。第二年春天把种子播下后，抽穗时的表现却让袁隆平大失所望，一眼望去，高的高，矮的矮，没有一株赶得上最初的那株水稻。

▲ 袁隆平与科研人员在查看水稻生长情况

　　袁隆平并不甘心，反复琢磨其中的原因，并研究了那一片试验田的稻株比例，最终得出一个结论：水稻是有杂交优势的，那株鹤立鸡群的水稻，就是天然的杂交水稻。既然天然杂交稻具有这样强的优势，那么人工杂交稻也一定有优势。但在当时，遗传学理论一直否定自花授粉作物有杂交优势。袁隆平对此提出了质疑。随后，他又拜访专家，翻找资料，最终得出结论，既然自然界存在杂交稻，那么人工杂交水稻也一定可以利用。而要想利用这一优势，首先需要找到"天然的雄性不育水稻"。可是，于上千万的稻田中找到一株特殊的，这无异于大海捞针。

　　然而，奇迹总是不会辜负真心寻求它的人。1970 年 11 月 23 日，海南岛野生水稻抽穗扬花的时节，在北京开会的袁隆平收到两名助手从海南南红农场发来的电报："找到天然雄性不育株野生稻"。他连夜挤上火车去海南。经过仔细检验，最终确认是一株十分难得的天然雄性不育株野生稻，袁隆平给它命名为"野败"。"野败"的发现对杂交水稻研究具有里程碑的意义，更是杂交水稻"三系"配套成功的突破口。经过一系列艰苦的科研攻关，1973 年，袁隆平在全国水稻科研会议上正式宣告：中国籼型杂交水稻配套成功。从 1976 年开始，三系杂交稻开始在全国大面积推广，比常规稻平均增产 20%。

　　有人曾说，中国农民吃饱饭靠"两平"，一靠邓小平，二靠袁隆平。也有人说袁隆平是"当代神农""米菩萨"。面对这些赞誉，袁隆平并没有骄傲自满，他依然常年奔波在田间地头，不在试验田，就在去试验田的路上。当全世界还在对杂交水稻一片赞扬之时，袁隆平却指出"三系法"存在种子生产环节多等不足之处，开始对两系法杂交水稻研究攻关。1995 年，两系法杂交水稻研究成功，普遍比同熟期的三系杂交稻每亩增产 5%—10%。1997 年，袁隆平又发起了对超级杂交稻的研究。他每一次研究的跨越，都在神州大地引发一场"绿色革命"。2000 年，超级杂交稻实现百亩示范片亩产 700 公斤的第一期目标；2004 年，实现百亩示范片亩产 800 公斤的第二期目标；2005 年，实现百亩示范片亩产 900 公斤的第三期目标；2014

年，实现百亩示范片亩产 1000 公斤的第四期目标，而这并不是终点。2020 年 11 月 2 日，位于湖南省衡南县的第三代杂交水稻新组合试验示范基地迎来晚稻测产，测得晚稻平均亩产为 911.7 公斤，加之此前 7 月测得的早稻平均亩产为 619.06 公斤，早稻加晚稻实现了亩产 1500 公斤的目标。这是袁隆平团队在屡破超级稻单产 700 公斤、800 公斤、1000 公斤等世界纪录后，再次刷新纪录。

在泱泱稻田里，在稻谷飘香中，袁隆平一次又一次创造了人类粮食生产的历史高度，他自己也成了一个传奇。早在 1999 年，中国科学院北京天文台施密特 CCD 小行星项目组发现的一颗小行星就被命名为"袁隆平星"。

在"颐养天年"的年龄，袁隆平却奔走在田野中，依然为他的禾下乘凉梦和杂交稻覆盖全球梦而不懈努力着。他说："我们搞水稻品种，过去是以产量为主，质量放在次要地位，当时主要解决温饱问题。现在，随着人们生活水平的提高，光吃饱还不满足，还要吃好，所以我们也做了战略调整，既要高产也要优质，在高产的前提下求优质。你光单纯讲优质，产量不高也不行。我们现在的超级杂交稻产量与质量是并重的，都很好。"他不仅要让中国的杂交水稻不断刷新高产纪录，还要探索出高产高质的"海水稻"新品种，让科技成果真正造福国家、惠及百姓。

2021 年 5 月 22 日，因多器官功能衰竭，袁隆平与世长辞。

就在逝世前不久，他还带病在海南三亚南繁基地坚持科研工作。带着对其钟爱一生的杂交水稻事业的无限眷恋，袁隆平永远地离开了我们。

启示：

袁隆平数十年来致力于杂交水稻技术的研究、应用与推广，是杂交水稻研究的开创者，更是一位真正地为人民而辛劳的耕耘者。他毕生的愿望，就是让所有的人远离饥饿。不管是作为普通老师时，还是名满天下之时，他都不改这个初心，不失他的梦想，只专注于田畴、致力于研究。他常说，"一个人一辈子能够认真做好一件事，就足够了"。他做到了，就是这样一个一辈子只专注一件事的人。这种专注值得我们学习和发扬。

十九、人民的"樵夫"

　　廖俊波（1968—2017 年），福建浦城人，曾任福建省南平市委常委、副市长，武夷新区党工委书记。荣获过"全国优秀县委书记"称号，被评为"感动中国 2017 年度人物"。被追授为"全国优秀共产党员""时代楷模""最美奋斗者"。

　　上联：当官能为民着想
　　下联：凝聚民心国家强
　　横批：俊波您好

▲　廖俊波

这是居住在福建省南平市政和县城关熊山街道渡头洋上河滨路 3 号的张承富老人家门口贴着的一副对联。这位老人家背靠七星溪河滩，原先出行的唯一通道是排房中不到两米宽的小巷。附近住户多年来一直都想筹建一条栈道以便出行，但因资金问题迟迟未能如愿。老人抱着试试看的想法找到了时任的县委书记，县委书记在听取了情况反映后，立即召集有关部门负责人进行研究。后来，一条长 184 米、宽 3 米的水泥栈道建成了。相距栈道 5 米的另一条 280 米的景观桥栈道也同时建成了。渡头洋上的街坊们喜出望外，放鞭炮庆祝。感动之余，老人就写下了这副对联，贴上之后就再也没有揭下。

这位被张承富老人念念不忘的县委书记，就是全国优秀县委书记廖俊波。廖俊波，1968 年 8 月出生，福建浦城人。廖俊波出身普通家庭，南平师专毕业后当过中学老师、乡镇干部，在县乡两级做过主要领导。

邵武市拿口镇，是廖俊波主政的第一站。说起前镇长廖俊波，大家总是要提起一条路。

拿口镇是拿口和朱坊两个公社合并而成，原朱坊乡的 20 多个村庄地处偏僻，没有一条硬化公路，而通村公路不在国家计划之列，没有政策资金补助。要致富，先修路。一条路关乎一个地方的发展，修路势在必行。

然而到底是修柏油路还是修水泥路呢？这段路全长 19.6 公里、宽 7 米，如果是柏油路需要 400 万元，但是寿命较短，水泥路需要 600 万元，如果质量有保证的话可以使用 20 年。经过再三讨论，廖俊波最终决定要一步到位修水泥路。问题又来了，修路资金怎么办？除了镇政府的自筹和贷款资金外还有不少缺口，廖俊波四处奔波，筹措资金，还带头捐了 1000 元。

▲　廖俊波（左二）在了解花卉生长情况

经过多方"化缘"，修路资金基本凑足。

　　开始修路后，他又操心起施工质量问题。当时铺路的石子大多是从河中直接捞出来的，沾满了泥沙。他主张对石子统一进行清洗，现场的工程师都觉得多此一举。作为物理教师出身的他，十分明白在混凝土硬化过程中，凝结物之间的杂质容易产生裂缝，而这些很细微的裂缝虽然肉眼难辨，却是很大的质量隐患。修路是为群众服务的，就要让群众实实在在长久受益，不能做花拳绣腿的面子工程。在他的坚持下，工人们用高压水枪对全部石料进行了冲洗。后来，公路顺利建成通车。如今，近20年过去了，这条路仍然没有丝毫损坏，还结结实实、日日夜夜地为这片土地服务着。

2011 年，廖俊波就任政和县委书记。从到政和的第一天起，如何让山区的群众真正脱贫，一直是萦绕在廖俊波心头的一件大事。

政和县石屯镇有个石圳村，这里有 500 多人口，村子的河沟里淤积了近 30 年的垃圾无人清理，是一个出了名的垃圾村。年轻人都外出打工，除了本村留守的老人和儿童外，外人都不愿意踏进这个村。村民袁云机动员村里的 9 个姐妹，成立了村巾帼理事会，义务清理垃圾，用了 3 个月时间才把垃圾清理干净。廖俊波知道此事后，专程到村里看望她们，并鼓励她们说："村子干净了，还只是第一步。要是能绿起来、活起来、游起来，美丽的石圳就能带来财富。不赚钱的项目，譬如装路灯、修路、造桥之类的事，由我们政府来做，赚钱的项目，你们自己来投资。"在他的帮助下，水电桥路灯等基础设施都逐步完善，外出打工的人也纷纷回村，修缮古院落、疏浚古水渠，建小茶馆、办农家乐……昔日的垃圾村发生了脱胎换骨的变化，成为远近闻名的美丽乡村、白茶小圳，被评为"国家 3A 级景区"。全村一年的旅游收入超过 100 万元，村民的收入都翻了好几番，大家都说现在的日子比蜜甜。

常年奔忙在项目建设、园区开发、脱贫攻坚工作的一线，能到现场就绝不待在会场，这是廖俊波一贯的行事风格。20

多年来，廖俊波转换了 9 个工作岗位，处处踏石留印、抓铁有痕。在拿口镇，他打造了南平市第一个乡镇工业区；在邵武市，他创建了南平市最大的化工基地——金堂工业园；在浦城县，他创造了南平市实体经济的重要增长极——荣华山工业组团；在武夷新区，他正在主持创造一个南平有史以来最大的新型工业园和现代化新城。

2017 年 3 月 18 日，在赶往武夷新区主持会议的途中，乘坐的汽车发生侧滑，他被甩出了车外，生命永远定格在那一刻。

廖俊波生命里的最后几天是这样度过的：

3 月 11 日凌晨 2 时，武夷新区，在研究完 12 项议程后，会议结束；

11 日早晨 7 时许，赶动车前往江苏连云港招商；

12 日下午，回到武夷新区，开会；当晚，继续研究项目开工事宜；

13 日早晨 7 时许，赶动车赴北京参加招商洽谈；

15 日下午，飞抵福州后又赶到南平开会；

16 日，武夷新区，上午，召开安置房问题会议；下午，陪同客商考察；

17 日，武夷新区，上午，参加项目集中开工仪式后，开会研究审计工作；下午，陪同南平市领导调研；晚上，赶回南平参加次日的会议；

18日，参加会议……

一帧帧"回放"记录了他直到生命的最后一刻的奋斗足迹；点滴故事，诠释了他对党和人民的无限忠诚。"给人民做牛马的，人民永远记住他"。正如他的微信名"樵夫"一样，他几十年一直是筚路蓝缕、以启山林，为人民谋"薪柴"。他的人生虽然短暂，但必将被人民永远铭记。

启示：

无论是乡镇还是园区，不管是县委还是市政府，不管组织把他安排在哪个岗位上，他都为政一处、造福一方，带领当地干部群众扑下身子、苦干实干，推动一个个地方旧貌换新颜。他把对党和人民的无限忠诚镌刻在八闽大地的山水之间，以实际行动体现了对党忠诚、心系群众、忘我工作、无私奉献的优秀品质，无愧于"全国优秀县委书记"的称号，给广大党员干部树立了学习的标杆。今后要以廖俊波同志为榜样，扎实工作、奉献群众，真心实意为人民造福。

二十、他们走在扶贫路上

黄文秀（1989—2019年），广西百色人，北京师范大学法学硕士，广西百色市委宣传部副科长、派驻乐业县新化镇百坭村第一书记。被追授"时代楷模""最美奋斗者""全国优秀共产党员""感动中国2019年度人物""全国脱贫攻坚楷模""七一勋章"等荣誉称号。

"希望还有吸取教训进而改正的机会。"这是广西乐业百坭村原驻村第一书记黄文秀生前给同事发的最后一条消息。2019年6月17日，黄文秀

▲ 黄文秀到外村考察养蜂产业

遭遇山洪不幸遇难，她的生命永远地定格在了 30 岁。黄文秀在脱贫攻坚的第一线倾情投入、奉献自我，用美好青春诠释了共产党员的初心使命，谱写了新时代的青春之歌。

1989 年 4 月，黄文秀出生在广西百色市田阳区巴别乡德爱村多柳屯的一户农民家庭。黄文秀自幼家境贫寒，父母身体也不好。但生活的重担并没有压垮黄文秀，反倒激发她求学上进的斗志。2016 年，黄文秀从北京师范大学硕士毕业后，考上广西百色的选调生，就职于百色市委宣传部。2018 年 3 月，黄文秀来到百色市乐业县百坭村担任驻村第一书记。

黄文秀走出大山，看过世界，又带着知识回到大山，给村民们带来希望。她用自己的努力让百坭村脱胎换骨，走上了脱贫致富的道路。

刚上任的黄文秀主动提出住在村部，让村民能随时找到她。但一开始，来找她的人并不多。面对猜疑与拒绝，黄文秀在日记里写道："我是我们村脱贫攻坚工作的第一责任人。"脱贫攻坚责无旁贷，只有通过接近群众，深入调查，才能找准"病因"，对症下药。彼时的百坭村，山路崎岖，交通不便，产业发展滞后。她挨家挨户走访，常常一进贫困户家门就脱下外套，拿起扫帚开始打扫院子；贫困户不让她进家门，她一而再、再而三地前去；贫困户不在家，她就去田里，边帮他们干农活边拉家常。日子久了，村民们开始慢慢地接受她。经过两个月的摸底，黄文秀基本掌握了全村概况，她在日记里详细

地绘成地图。百
坻村共有 472 户
2068 人，建档立
卡贫困户 195 户
883 人，2017 年
未脱贫为 154 户
691 人，因学致
贫和因残、因病
致贫占比最高。
驻村一年，她把

▲ 2019 年 6 月 17 日凌晨，黄文秀发在家族群里的信息

全村所有的贫困户访了一遍又一遍，她在一篇文章中写道："在我驻村满一年的那天，我的汽车仪表盘的里程数正好增加了两万五千公里，我简单地发了一个朋友圈：我心中的长征，驻村一周年愉快。"

黄文秀深知要想帮乡亲们脱贫致富，还得靠发展产业。百坻村很适合种砂糖橘，黄文秀和村干部商议，推选种植大户班统茂当致富带头人，但是班统茂当场拒绝并说出了自己的担心：由于山路崎岖，水果卖出确有困难。黄文秀听完就往县里跑，先申请下来修路资金，又到农业部门请专家来给种植户做技术培训。仅仅一年，百坻村砂糖橘产量就从 6 万斤飙升到 50 万斤。但班统茂为产量高兴之余又担心销路。黄文秀昼夜不停地通过电商服务站，联系着买家，发布着广告。果实采摘时，批发商如约而至。

在黄文秀的带领下，百坭村集体经济取得了快速的发展。仅仅一年时间，全村种植杉木从原来的 8000 余亩发展到 20000 余亩，砂糖橘从 1000 余亩发展到 2000 余亩，八角从 600 余亩发展到 1800 余亩，另外种植优质枇杷 500 余亩。种植产业已经成为百坭村的支柱产业和群众脱贫致富的主要来源。通过建立电商服务站，仅 2018 年就帮助全村群众销售砂糖橘 4 万多斤，销售额达 22 万元左右，为 30 多户贫困户创收，每户增收 2500 元左右。2018 年百坭村 103 户贫困户顺利脱贫 88 户，贫困发生率从她上任时的 22.88% 降至 2.71%，村级集体经济收入达 6.38 万元，实现翻倍增收。

在发展经济之余，黄文秀深知精神文明建设的重要性。在她的带领下成立了"乡村振兴、青年作为"志愿者服务队，开展村规民约吟诵比赛和文明家庭评选活动。百坭村获得百色市 2018 年度"乡风文明"红旗村荣誉称号。黄文秀在驻村笔记中写道："每天都很辛苦，但心里很快乐。"精神上的愉悦感让她战胜了身体上的疲惫。

村民的事就是黄文秀自己的事，记在心头，落在实处。黄文秀看到村民韦乃情的孙子快一岁了还没上户口，便主动跑到镇上帮忙办理。当得知贫困户梁家忠正为两个孩子的学费发愁，她立刻帮着争取相关政策待遇。经过一年多的相处，大家相信黄文秀，都想跟着她做更多的事情。然而，乡亲们谁都没有想到，他们再也见不到这个美丽又爱笑的女孩了。黄文秀用心地在日记里描绘了所在村庄的每一条路、每一户人家。但她也因为放心不下这每一户人家的生命财产安全，为了早点部署抗洪工作，而牺牲在回百坭村的这条路上。

黄文秀牺牲后，当地干部到她家里慰问时发现，黄文秀的家三年前才刚刚脱贫，她的父亲身患肿瘤，做过两次大手术，母亲患有先天性心脏病，下肢还残疾。而这些，黄文秀从未和任何人说起。她一个人默默地扛下了家里所有的压力，扛着她脱贫攻坚的重任，负重前行。在读研究生时，黄文秀省吃俭用，寒暑假也不回家，把钱积攒下来，只为了让年迈多病的父亲能到首都北京看一看。那次的北京之行，父亲黄忠杰跟女儿认真讨论了她的未来。黄忠杰说：我们不用钱多，你要为党的工作回到家乡里面，做一个干干净净的人民公仆。黄文秀靠着扶贫资助得以完成学业，读大三时她主动加入中国共产党，毕业后选择回报家乡，成为爸爸心中的人民公仆。这份共产党员的质朴初心，谱写了一曲感动人心的青春赞歌。如今，在全国有无数个"黄文秀"怀揣着乡村振兴的崇高理想和使命走在扶贫的路上，勇往直前、继续前行。

启示：

每一代人有每一代人的长征，每一代人有每一代人的使命和担当。截至 2020 年底，全国共有 1800 多人将生命定格在了扶贫岗位上。他们的热血与青春、付出与牺牲，挥洒在他们奋斗过的土地上。在此生活的人们，永远都不会忘记。打赢脱贫攻坚战，全面建成小康社会的豪言壮语，有赖于300多万驻村干部、第一书记在一线的拼搏和奋斗；有赖于长期以来支持脱贫攻坚工作的社会各界的默默帮助；有赖于每一位绝不向贫困低头的平凡英雄。我们为年轻生命的逝去而感到惋惜和悲痛，但唯有将这些悲伤的情绪化作持续奋进的动力，带领人民推进乡村振兴，全面建设社会主义现代化国家，才对得起这些人的努力付出与流血牺牲。

二十一、把重病人都送到我这里来

钟南山（1936 年— ），福建厦门人。广州医科大学附属第一医院国家呼吸系统疾病临床医学研究中心主任，中国工程院院士。荣获"白求恩奖章"、全国五一劳动奖章、"共和国勋章"等，被评为感动中国 2003 年度人物、100 位新中国成立以来感动中国人物、全国优秀共产党员、"最美奋斗者"等。

2020 年 5 月的一个中午，一位 84 岁的老太太在空荡荡的篮球场一边投着篮，一边等待着丈夫回家吃饭。这段又温暖又有些辛酸的视频画面在央视综合频道《故事里的中国》播出后，无数人为之动容。

投篮的老太太是李少芬，她等待的丈夫是广州医科大学附属第一医院国家呼吸系统疾病临床医学研究中心主任钟南山。这段视频的拍摄者是他们的儿子钟帷德，"母亲平时也是每顿饭都希望等着我父亲回来，我的父亲一般是 1 点钟之后才回来

▲ 钟南山

吃午餐，12点正是太阳最烈的时候，她也有84岁了。看到她，我觉得她比较孤独，其实很多时候注定的是一种等候"。这段视频，钟南山还未看到。被家人等着回家吃饭的钟南山此时正紧张地忙碌在抗击新冠肺炎疫情的战场上。

钟南山，1936年10月出生，福建厦门人。他出生于医学世家，父亲是著名儿科医生，母亲是广东省肿瘤医院的创始人之一。1960年，24岁的钟南山从北京医学院（现北京大学医学部）毕业，也踏上了医学之路。对他而言，能帮助到病人，让病人转危为安，就是最大的幸福。

2003年，一场突如其来的"非典"疫情在中华大地肆虐，广州首当其冲。广州好几家专门接纳"非典"病人的医院已经不堪重负，一批又一批的医务人员倒了下去。病毒肆虐之际、人心惶惶之时，时任广州呼吸疾病研究所所长的钟南山主动请缨，带着他的呼研所站了出来。

"把重病人都送到我这里来！"作出这个决定需要很大的勇气，在病因不明的情况下，谁都没有百分百治好病人的把握，治不好很可能就"砸了招牌"。更重要的是这种病具有极强的传染性，病情越重，传染性越强，接治最严重的病人，其危险程度可想而知。面对众人的犹豫，他说，如果有了危险，医生都逃避，那要医生做什么？我们本来就是研究呼吸疾病的，最艰巨的救治任务是我们应该承担、应该负责的。

此后，从广州各医院不时有重病人转到这里，呼吸疾病研究所成了抗击非典型肺炎的核心堡垒。每一个"非典"病人送进所里来时，钟南山都要亲自检查，制订治疗方案；在探视病人时，为了检查患者的口腔，他把自己的头凑到和病人距离不到 20 厘米处细细观察。因为疲劳过度，钟南山出现了感冒发热、浑身乏力等症状，医院为了保护他，强行令他休息。可他放心不下病人，休息了没两天就强撑着继续回到工作岗位。由于工作强度大，休息不充分，钟南山在连续工作 38 小时后，再次病倒，但他依然坚持工作。终于，功夫不负有心人，经过大量的研究，钟南山率领团队通过早诊断、早隔离、早治疗，在适当的时间合理使用皮质激素、合理使用呼吸机，使多数"非典"患者康复出院。这一经验被世界卫生组织认为对全世界抗击"非典"有指导意义，后来成为通用的救治方案，钟南山也成为"抗击非典的功臣"。

17 年后的冬季，当新冠肺炎疫情来袭时，作为当年抗击"非典"第一人，84 岁的钟南山临危受命，作为国家卫健委高级别专家组组长，指导医治及防护工作。在给出了"大家最近没有特殊的情况，就不要去武汉"的建议后，钟南山自己却挤

▲　2020 年 1 月 18 日，钟南山在去往武汉的列车上

上一辆前往武汉的列车，挤在餐车的一角义无反顾地赶往武汉防疫最前线。那是因为他从深圳抢救完相关病例回到广州，接到通知又连忙从广州赶往武汉，买不到机票只能坐在高铁餐车里。

　　2020 年 1 月 19 日，在实地了解疫情、研究防控方案后，当天晚上，钟南山又从武汉登上飞往北京的航班；1 月 20 日，参加全国电视电话会议、新闻发布会、媒体直播连线，忙到深夜；1 月 21 日，从北京回到广州，在广东省政府新闻发布会上解读最新情况……

　　钟南山辗转奔波，实地了解疫情、研究防控方案、救治危

重患者、制定防治指南、组织科研攻关、向公众解读疫情稳定
人心……这位 84 岁老人的工作和行程安排得满满当当。百姓
们都说看到钟南山就放心了，称赞他是"大国重器，国士无
双"。在民间还流传着"火神山雷神山钟南山'三山'镇毒，
医者心仁者心中国心万众一心"的励志对联等。当前，在以
习近平同志为核心的党中央坚强领导下，14 亿多中国人民进
行了一场惊心动魄的抗疫大战，付出巨大努力，取得抗击新冠
肺炎疫情斗争重大战略成果。

　　"其实，我不过就是个大夫"，"一切为了病人"。钟南山
经常这么说，也是这么做的。耄耋之年的他至今仍坚守在临
床一线，几十年如一日，只要不出差，每周仍坚持出一次门
诊，带领团队进行一次大查房，几乎雷打不动；做科研、带研
究生，也是样样不落。在病人面前，他没有一点架子。钟南山
去查房，总会和蔼地拉起病人的手。不论冬夏，钟南山会把听
诊器焐热了再放到病人身上听诊。每次出门诊，他都会提前半
小时到诊室做准备。一切就绪后，他便带着研究生开始长达 7
个多小时的门诊。病人一个接一个地进入诊室，他根本没有时
间稍作休息。一些外地病人过来看门诊，钟南山会关心，"有
没有亲戚在这边？有没有地方住？"医者仁心不外如是。年少
时，父母潜移默化的教诲，为钟南山最终选择医学事业埋下了
伏笔；长大后，他说也要成为父亲那样的好医生。如今，他真
的做到了，而且做得非常好。

启示:

"烈火见真金,危难见真情"。从抗击"非典"的战场,到迎战"新冠"的前线,在一个个重大突发公共卫生事件中,钟南山以舍我其谁的奉献精神,义无反顾冲在前,奋战在第一线,用他悬壶济世的仁心仁术和勇敢无畏的铮铮风骨,践行着"为了人民的身体健康和生命安全,我们可以不惜一切代价"的誓言,展现出对人的生命的敬畏、尊重和维护。他敢医敢言、勇于担当,是国家的栋梁、民族的脊梁,更是我们学习的榜样。

二十二、我能预支丧葬费吗？

张桂梅（1957—　），黑龙江省牡丹江人，云南省丽江华坪女子高级中学党支部书记、校长，华坪县儿童福利院（华坪儿童之家）院长。先后获得"全国先进工作者""全国优秀共产党员""时代楷模""全国脱贫攻坚楷模""七一勋章"等多项荣誉称号。

在中国有一位叫张桂梅的女教师，她扎根云南贫困山区 40 余载，推动创建了中国第一所全免费女子高中，2008 年建校以来已帮助 1800 多位女孩圆梦大学校园。她被女孩们亲切称为"张妈妈"。她用教育之光阻断贫困代际传递，照亮了孩子们的追梦人生。

1957 年，张桂梅出生在黑龙江省牡丹江市的一个农民家庭。在

▲　张桂梅

她很小的时候，母亲就病逝了。1974年，17岁的张桂梅跟着姐姐来到云南支援边疆建设。1990年，她从丽江市教育书院毕业后随丈夫调到大理白族自治州喜洲一中任教。1996年丈夫因癌症去世后，她主动要求调到了地处边远的丽江市华坪县教书。望着贫困山区少数民族的孩子们一张张渴望知识的脸庞，被病痛折磨的张桂梅，没有向命运屈服，而是全身心投入边疆民族地区教育事业和儿童福利事业，将一腔热情献给了这片贫瘠的土地，献给了她热爱的孩子们。

在华坪县教书的日子里，张桂梅发现一些女孩读着读着就不来上学了。很多贫困家庭的女孩早早辍学在家，有的外出打工，有的嫁人换取彩礼。这时，张桂梅的心中有了创办一所免费女子高中的想法。她常说："女孩子受教育，可以改变三代人。"用知识改变命运，用教育扶贫阻断贫困的代际传递是张桂梅心中最崇高的事业。为了创办女子高中，张桂梅拿着自己的荣誉证书复印件，连续几年假期到昆明街头募捐，很多人并不理解，身边的人也劝她放弃。可张桂梅自信地说："我知道困难肯定很多，贫困女孩的教育问题不解决，全面小康就没指望。这件事就算再苦再难，我也要做！"2007年，张桂梅当选党的十七大代表，一篇名为《"我有一个梦想"——访云南省丽江市华坪县民族中学教师张桂梅代表》的报道发表出来，张桂梅办学校的梦想受到了广泛的关注。2008年，在各级党委政府的支持下，全国第一所公办免费女子高中——丽江华坪女子高级中学正式开学，首届招收 100 名女生。在开学那天，张桂梅站在教学楼前，泪流满面。

对于大山里的女孩子，华坪女高没有门槛。学费、住宿费全免，只收少量的伙食费，面对基础差的孩子，中考分数没过线也都招进来。刚开始，学校里只有一栋教学楼和一根旗杆，没有围墙、食堂、厕所。因为张桂梅心里着急，"如果学校晚一年建好，就会有一批女孩被耽误。"面对生源较差的情况，张桂梅下定了决心："就是把命搭上，也要把学校办出名堂！"学生雷打不动每天 5 点半起床晨读，晚上 12 点 20 分自习结束才能上床睡觉。张桂梅每天拿着小喇叭在校园里督促着学生，每天陪着学生自习到深夜，甚至一直住在学生宿舍。

由于条件非常艰苦，当时教职员工有 9 名相继辞职，学生也有 6 名提出转学。张桂梅坚定地鼓励大家："我们留下来的 8 名教师中有 6 名是共产党员。战争年代只要党员在，阵地就会在，今天只要我们在，就会守住这块教育扶贫的阵地。"为了让华坪女高的孩子不再辍学，为了让更多女孩能够读书，张桂梅常年坚持家访，累计行程 11 万多公里，覆盖华坪及周边县 1500 多名学生。前些年，许多村寨还没有完全通公路，往往走访一家就要走好几个小时的山路，严重的类风湿、骨质疏松、肺病和过度劳累导致张桂梅几次晕倒在路上。

正是这样日复一日的努力，华坪女高已送走 10 届毕业生，1804 名学生从这里考入大学，学校一本上线率高达 40%，高

▲ 张桂梅在课堂上

考成绩综合排名连续多年全市第一。学生的成绩突飞猛进，但张桂梅的身体状况却一落千丈。她的身上贴满了止痛膏。作为张桂梅的闺蜜，王秀丽心疼地说："她全身都是病，骨瘤、血管瘤、肺气肿……以前她经常让别人猜我俩谁更重，可现在她已经从130多斤掉到了只有七八十斤。"2018年，张桂梅再次住院，她对前来探望的华坪县有关领导说："我情况不太好，能不能让民政部门把丧葬费提前给我，我想看着这笔钱用在孩子们身上。"张桂梅心中只有孩子，没有名利，更不考虑自己。

张桂梅的忘我和无私感动了大家，更教会了学生们。周云丽是华坪女高的第一届学生，大学毕业后她放弃了正式编制，回到母校当代课老师。周云丽说："这都是张老师教我们的，自己强大了，也要记得去帮助别人。"

多年来，张桂梅把节省下来的工资、奖金共计 100 多万元，都用来捐助教育和儿童福利事业。为了给寒冬里发高烧的学生保暖，她把丈夫留下来的毛背心送给了学生；为了省下钱来资助更多的学生，她选择常年吃素；为了回报和她并肩作战的女高教师们，她把数年来领取的劳模慰问金全部用作教师们的教学奖励。

2001 年，张桂梅身兼双职，一边是教师，一边是华坪县儿童之家的院长。这些孤儿年龄从 2 岁到 12 岁不等。院子里经常哭声一片，为了不吵到左邻右舍，张桂梅只能抱着孩子满院子走。由于有些孩子生活不能自理，经常弄得床上、裤子里都是大小便，她和工作人员就不停地擦洗。一些孩子体质弱常生病，她就常在学校和医院之间来回奔波。为了补贴儿童之家的经费，她经常到街头给儿童之家募捐。她说："能多救助一个就多救助一个，为了能多救助一个不幸的孩子，我怎么做都值！"

张桂梅为教育事业奉献的初衷就是报恩。1997 年，张桂梅患有子宫肌瘤，是教职工和学生家长们凑钱为她做了手术。张桂梅说："这片土地上的父老乡亲救了我，给了我第二次生命，我要用自己的生命来报答这片热土，报答父老乡亲们！"伴随着张桂梅得到的荣誉越来越多，她身上的责任也越来越大。"有人说我爱岗敬业，有人说我疯了，有人说我为了荣誉，也有人不理解。一个人浑身有病，为啥还比正常人苦得起?"她解释说:"我心里始终有一股劲:你豁出命改变她们的命，值! 人生老病死都正常，豁出去一点，怕什么?"张桂梅将"我将无我，不负人民"这句话的精神内涵用她的实际行动生动地诠释了出来。

启示:

一个人之所以令人敬佩，因其无惧生死，不图名利，将无私奉献的大爱给予这世间最需要帮助的人们。张桂梅拖着病痛的身躯建立了华坪女高，为贫困山区的少女创造了一个"用知识改变命运"的精神家园;她用双脚走出了学校与家庭沟通的桥梁，让更多的女孩通过这座桥回到了课堂;她将自己的积蓄倾囊捐出，甚至想预支自己的丧葬费，为了让孩子们能够有更好的学习条件。她是辛勤的园丁，是孩子们的指路人，更是新时代的共产党员。她用一腔热血和顽强的意志，诠释了共产党员全心全意为人民服务的宗旨，她像火炬一样，点亮了希望，更温暖了人间。

后 记

    人民就是江山，江山就是人民。和人民在一起，一个政党才有光明的前途。中国共产党的一百年就是不忘初心、牢记使命的一百年，就是矢志为民、一心富民的一百年。一百年来，为民谋幸福的事例不断涌现、为民服务乐意助民的人物层出不穷。在中国共产党成立一百周年到来之际，人民出版社总编辑辛广伟亲自来电，盛邀编写为民富民的小故事微案例，为祝贺党的百年华诞奉献绵薄之力。这是件大好事，当义不容辞。我负责拟定条目选择案例、明确写作体例、统一全书风格，并撰写部分案例。中央党校的同事任伟、陈苗、侯悦、王旖旎利用工作之余撰写了多数案例。在编写过程中，我们借鉴和引用了一些史料，未能一一标明出处，恳请同人们海涵。特别感谢人民出版社领导的高度重视，感谢陈光耀编审热情细致的编辑工作，使得此书及时面世。希望这本小书能给读者以精神的振奋、心灵的撞击，传递为民初心、播撒仁爱之情，为百年大党继续前行提供些许助益。

沈传亮

2021 年 5 月 5 日